सितारा

(कहानी और लघुकथा संग्रह)

अनुरोध कुमार श्रीवास्तव

PRACHI
DIGITAL PUBLICATION

|| समर्पण ||

प्रस्तुत संग्रह समर्पित है

एक आदर्श नारी की प्रतिमा स्वरूप मेरी ममतामयी माँ
" स्व. श्रीमती सावित्री श्रीवास्तव "

नारी सशक्तीकरण की प्रतिदर्श मेरी दादी
" स्व.श्रीमती कमला देवी "

और कर्मठता की पराकाष्ठा हमारे बाबा
" स्व.श्री पारसनाथ श्रीवास्तव "

को जिनके सद्प्रेरणा और आशीर्वाद से यह सम्भव
हो रहा है।।

Book	: Sitara
Author	: Anurodh Kumar Shrivastav
Edition	: 1st (January, 2021)
ISBN	: 978-93-87856-51-6

© Author

Published by

PRACHI
DIGITAL PUBLICATION

Regd. Add.: 254, Khuriyakhatta No. 10, Bindukhatta,
Lalkuan, Nainital - 262402, Uttarakhand, India
Website : www.prachidigital.in
E-mail : editor@prachidigital.in
Contact : +91-976041-7980, +91-976041-8103

Printed by :
Manipal Technologies Limited, Bangalore - 560025, Karnataka

अनुक्रमणिका

दो शब्द...

आज के ड़िजिटल युग में जब कि कई गैजेट मोबाइल में समाहित होते जा रहे हैं, साहित्यिक पेपरबैक पुस्तकों का पठन नई पीढ़ी के लिए आश्चर्य से कम नहीं है। कहना उचित होगा कि मोबाइल नें हमें बहुत कुछ दिया लेकिन हमसे पुस्तकों को छीन लिया। भले ही आज तमाम सारा ज्ञान-विज्ञान कम्प्यूटर और मोबाइल के माध्यम से लोगों की मुट्ठी में समाहित है और वन टच में उपलब्ध है लेकिन आज भी पुस्तकों का कोई विकल्प नहीं है। जो स्पर्श, जो खुशबू और खुशी की अनुभूति पुस्तकों के पढ़नें से हासिल होती है, डिजिटल माध्यमों में वह संभव नहीं है। इस संकलन में हर कहानी की अलग शैली और अलग चरित्र है। मुख्य कहानीं "सितारा" आदिम सभ्यता के विकसित होनें के बीच चलती आदिम प्रेम कहानी है। कहानी के साथ-साथ पर्यावरण और ब्रह्माण्ड के रहस्यों का सरल वर्णन है। इसी तरह "अब न सहूँगी" लघुकथा में अरसे से दबी कुचली स्त्री के एकाएक सशक्त होनें की कहानी है।

प्रस्तुत पुस्तक कहानीं और लघुकथा विधा का संकलन है। प्रस्तुत संकलन में कहानियाँ (लघुकथा भी) मात्र कल्पना का रेखाचित्र ही नहीं अपितु समाज से लिए गये अनुभवों पर आधारित हैं। हाँ पात्र के नाम, स्थान, घटनायें आदि काल्पनिक हैं। आपको कतिपय कहानियों में नये तरह का शिल्प और प्रतीक देखनें को मिलेगा। आशा ही नहीं अपितु पूर्ण विश्वास है कि इस संकलन को सुधी पाठकों का प्यार और विश्वास हासिल होगा।

अनुरोध कुमार श्रीवास्तव

बस्ती, उत्तर प्रदेश

दिनाँक -01-01-2021

सितारा

कहते हैं उसका जन्म सितारों के बीच कहीं हुआ था, नाम था सितारा। रंग शनि ग्रह की तरह नीला आँखें दहकते अंगारों सी, चेहरे पर सूर्य के समान तेज और इरादे ध्रुव तारे जैसे अटल। शरीर पृथ्वी जैसा चट्टानी और हिमालय जैसा दृढ़।

लोगों का मानना था कि उसके पास असीम शक्तियाँ थीं। वह मानव सभ्यता के आदिम युग का काल था। मानव नें अभी कन्दराओं से निकलकर मैदानों में बसना शुरू ही किया था, घास-फूस की छोटी-छोटी झोपड़ीनुमा संरचनायें कहीं-कहीं दिखाई पड़नी शुरू हुई थीं। गाँवों नें धीरे-धीरे आकार लेना शुरू किया था। बर्तनों में अभी जानवारों की खालें, सींग, शंख, प्राकृतिक और कृत्रिम रूप से गहरे किये गये पत्थरों के साथ-साथ कच्ची मिट्टी के बर्तन, मानव नें आग जलाना और भोजन पकाकर खाना तो सीख लिया था पर अभी मिट्टी पकाकर बर्तन बनाना नहीं सीखा था। कपड़ों में जानवरों की खालों के साथ-साथ प्राकृतिक रेशों के बनें कपड़ों के छोटे टुकड़े, भोजन में शिकार किये पशुओं के माँस के साथ-साथ कंद, मूल, फल, जंगली अनाज और दूध, मुख्य पेशा शिकार के साथ पशुपालन, कृषि प्रारम्भिक दौर में, औजारों में पत्थर के औजारों के साथ-साथ धातु के अनगढ़-आदिम औजार यथा भाले, कुल्हाड़ी आदि। इंसानों का सामाजिक संगठन कबीलों के रूप में विकसित होना शुरू हुआ था।

दूसरे कबीले की औरतों का अपहरण कर वैवाहिक सम्बन्ध स्थापित करना और संख्या ही शक्ति के सिद्धांत पर अधिकाधिक बच्चे पैदा करना मुख्य सामाजिक चलन था।

हम मानवों के लिए ही तो विधाता (या प्रकृति) को इतना बड़ा संसार बनाना पड़ा। जरा सोचिये पृथ्वी पर मानव जीवन को रचनें गढ़नें के लिए कितनी विस्तृत और कितनी जटिल संरचना विकसित की गयी है। सर्वप्रथम ब्रह्माण्ड बनाना पड़ा। आधुनिक सिद्धांत कहता है कि ब्रह्माण्ड की उत्पत्ति बिग बैंग यानि कि महान विस्फोट से हुई। बिग बैंग के पूर्व एक अति

उच्च घनत्व का पिण्ड था जिससे ब्रहमाण्ड की उत्पत्ति हुई। सम्भवतः वह आदि पिण्ड ही आदि शिवलिंग हो। ब्रहमाण्ड में असंख्य आकाशगंगायें बनानी पडी जिससे सभी आकाशगंगायें एकदूसरे के आकर्षण से आबद्ध रह सकें। फिर आकाशगंगा में असंख्य सितारे, जिन्हें बाँधे रखनें के लिए आकाशगंगा के केन्द्र में अति उच्च घनत्व का ब्लैक होल रखना पड़ा। हमारा सौरमण्डल मिल्की वे आकाशगंगा का सिस्सा है। सूरज मिल्की वे का एक सदस्य सितारा है, जो मिल्की वे के केन्द्र की परिक्रमा करता है। फिर सौरमण्डल में आठ ग्रह, तमाम छुद्रग्रह, धूमकेतु, ग्रहों के उपग्रह एवं अन्य असंख्य छोटे पिण्ड अवस्थित हैं। अब पृथ्वी की संरचना सूर्य से उस उचित दूरी पर कि गयी है जिसे रिहायशी क्षेत्र (हैविटिबल जोन) कहा जाता है, जहाँ न अधिक ताप हो न अधिक सर्दी। पृथ्वी का द्रव्यमान इतना रखा गया है कि जीवन के लिए आवश्यक गैसों को बाँधकर रख सके। पृथ्वी का परिभ्रमण पथ और घूर्णन गति इतना रखा गया है कि दिन–रात और वर्ष आदर्श स्थिति में हों। दिन में तो सूरज का प्रकाश मिलता रहेगा परन्तु रातें घुप्प अंधेरी न हों तथा छोटे मोटे आकाशीय पिण्ड़ों से पृथ्वी की रक्षा हो सके इस हेतु चन्द्रमा को बनाया गया है। अन्य आकाशीय पिण्ड़ों से सुरक्षा प्रदान करनें हेतु पृथ्वी से एक ग्रह बाद बड़े ग्रह वृहस्पति को रखा गया है। सूर्य के परावैगनी (अल्ट्रावायलेट) विकिरण से बचानें के लिए वायुमण्डल की ऊपरी सतह पर ओजोन की परत बनायी गयी है। फिर कास्मिक विकिरण से बचानें को पृथ्वी को चुम्बकीय क्षेत्र दिया गया है।

ये तो मोटामोटी पृथ्वी से परे कुछ व्यवस्थाओं की चर्चा की गयी, अब देखते हैं ईश्वर (या प्रकृति) नें धरती पर क्या व्यवस्थाएं दी। जितना जटिल ब्रहमाण्ड की संरचना है उतनी ही जटिल पृथ्वी की संरचना है। वैज्ञानिक अभी पृथ्वी के सम्पूर्ण रहस्य से परिचित नहीं हो पाये हैं। पृथ्वी की ऊपरी परत जिसे क्रस्ट कहा जाता है वह बस कुछ किलोमीटर ही मोटी है। इसके नीचे हैं टैक्टानिक प्लेटें जिसपर महाद्वीप और महासागर स्थित हैं। पृथ्वी तेरह टैक्टानिक प्लेटों में विभाजित है। इन प्लेटों के नीचे लाखों डिग्री सेल्सियस तापमान पर धातुओं का पिघलता लावा है। टैक्टानिक प्लेटें इसी लावे पर तैरती रहती हैं जिसके कारण भूकम्प भी आते रहते हैं। और पृथ्वी के केन्द्र में लोहे और निकिल की कोर है (द्रव अवश्था

में) । इसी कोर के कारण पृथ्वी पर चुम्बकत्व है । अब पृथ्वी पर पानी नहीं था और बिना पानी जीवन की उत्पत्ति होना संभव नहीं था । तो किसी बर्फीले धूमकेतु से पृथ्वी की टक्कर कराकर पृथ्वी को जलमग्न किया गया और उल्कापिंड की टक्कर से पृथ्वी पर सोना आया ।

प्रकृति नें पृथ्वी पर पहले एककोशिकीय माइक्रोब्स उत्पन्न किया और फिर उससे आक्सीजन पैदा होने पर पादप और फिर सरल जीवों की रचना की गयी । उसके बाद धरती पर आये उभयचर और सरीसृप । डायनासोरों नें पृथ्वी पर बहुत समय तक अपना आधिपत्य रखा, और किसी उल्कापिंड की टक्कर से उनका विनाश हो गया । वैज्ञानिक मानते हैं कि अब तक पृथ्वी पर छ: बार महाविनाश हुआ है जिसमें पृथ्वी पर राज करनेंवाली प्रजातियों का विनाश हुआ है । हर विनाश में नयी प्रजाति का अभ्युदय छिपा होता है । डायनासोरों के विनाश के बाद पक्षी आदि प्रजातियों से होकर क्रमिक विकास के क्रम में धरती पर मनुष्य आया ।

ब्रह्माण्ड की जितनी जटिल संरचना है पृथ्वी पर जीवन उतना ही क्षणभंगुर । किसी विषाणु से, किसी उल्कापिंड के टक्कर से, ज्वालामुखियों के विस्फोट या भयानक भूकम्प से पृथ्वी पर मानव सहित किसी भी प्रजाति का विनाश सम्भव है ।

सितारा अपनें समय से काफी आगे था । कोई नहीं जानता था कि इसके माता-पिता कौन हैं? किस कबीले में पैदा हुआ? हाँ वह तुलुग कबीले में रहता था, कबीले के मुखिया को पाँच वर्ष की आयु में मिला था । सितारा के पास अद्भुद शक्तियाँ थीं । अल्प समय में ही वह किसी विरोधी कबीले के सभी लोगों के मस्तक काट सकता था । बड़े से बड़ा शिकार को क्षणमात्र में धराशायी कर सकता था । उस समय तक पशुबलि के साथ-साथ मानव बलि भी प्रचलन में थी, जो देवता को खुश करनें के लिए दी जाती थी ।

सितारा इस समय लगभग बदल सा गया है । घण्टों नदी के किनारे बैठ नदी और पहाड़ को निहारा करता है । शिकार पर भी नहीं जाता । बलि समारोहों में भी पहले जैसा उत्साह नहीं रखता । माँश की जगह फल और कन्द खानें को ज्यादा तरजीह देता है । लोग कहते हैं कि किसी लड़की के फेर में पड़ गया है । पिता (कबीले का सरदार जिसे वह पिता समान मानता है) के बार-बार पूछनें पर उसनें बताया, वह विरोधी मुरुम कबीले के लड़की के प्रेम में था ।

प्रेम जो उनदिनों अस्तित्व में ही नहीं था। मुरुम कबीला बहुत ही खूंख्वार था। मगर पिता नें मुरुमों पर हमले कर लड़की तथा अन्य महिलाओं के अपहरण की योजना बनायी लेकिन सितारा नें मना कर दिया। वह तो प्रेम में था। आग दोनों तरफ बराबर लगी थी। ऐसे में एक शाम घनें जंगल के बीच बहनें वाले नाले के किनारे अपनी प्रेमिका लौंगी से मिलनें जा पहुँचा। दोनों घनें झुरमुट के बीच बैठे बातें कर रहे थे

"लौंगी"

"हूँ"

"लगता है हमारा मिलना न हो सकेगा। दोनों कबीलों में भयंकर दुश्मनी है।"

"क्यों न हमदोनों कहीं और भाग जाँय।"

"नही लौंगी बिना कबीले के इस दुनिया में जीना नामुमकिन है।"

"तो चलो नदी में साथ डूबकर मर जाँय।"

"नहीं ये कायरता मेरे बस की बात नहीं।"

मुरुम कबीले के लोगों को भनक लग गयी थी। दोनों को घेर लिया गया था। दोनों को पकडकर ले जाया गया और सरदार के समक्ष पेश किया गया।

"सरदार दोनों को पकड़ लाया गया है।"

"ठीक है दोनों को बाँध दो हम कल सुबह निर्णय लेंगे।"

दोनों को मजबूत रस्से से पेंड़ से बाँध दिया गया और पहरेदार लगा दिये गये। सुबह हुई मुखिया ऊँचे आसन पर बैठा और एकटूक फैसला सुना दिया गया –

"सितारा एक बहुत ही बहादुर पुरुष है, हम देवता को इसकी बलि देंगे।"

चारो तरफ सन्नाटा। फिर सितारा को नहला-धुलाकर बलिवेदी पर ले जाया गया। लौंगी को भी बाँधकर बलि का दृश्य दिखानें साथ ले जाया गया था। लौंगी नें अपने पिता और कबीले के सरदार से सितारा को छोड़ देनें की बहुत मिन्नत की लेकिन सरदार का दिल न पसीजा। जब लौंगी नें बहुत परेशान कर दिया तो सरदार बोला–

"सितारा से पहले इसकी भी बलि चढ़ा दो। ये हमारे लिए पहले ही मर चुकी है।"

लौंगी को नहलाकर और चमडे के नये वस्त्र पहनाकर बलिवेदी पर ले जाया गया। मगर यह क्या रस्सी से बँधा सितारा एकायक उछला और अगले पल बलि का अस्त्र सितारा के हाथ में था उसनें हजारों व्यक्तियों के बीच ही बलि के लिए नियुक्त पुरुष की ही बलि देवता को दे दी और लौंगी को उठाकर तेज गति से भागा। पीछे पूरा मुरुम कबीला दौड़ा लेकिन देखते ही देखते सितारा जंगल में ओझल हो चुका था। कहते हैं यही आदिम प्रेमकहानी है।

बुद्धम शरणम गच्छामि

शक्तिशाली मगध साम्राज्य का सम्राट, सम्पूर्ण उत्तरापथ सहित सम्पूर्ण भारतवर्ष का सम्राट, देवताओं का प्रिय सम्राट, चीन, परशिया सहित तमाम पडोसी जिसके नाम से कांपते हों, उत्तर पश्चिम में कश्मीर और हिन्दुकुश तथा पूरब और दक्षिण में महासागर तक जिसकी सत्ता है, सुदूर यूनान और सुदूर दक्षिण सिंहलद्वीप तक जिसकी यशकीर्ति फैली है, महाराज बिन्दुसार का उत्तराधिकारी महान गौरवशाली सम्राट आज कुछ विचार मग्न दिख रहा है। मंत्रीगण बार–बार महाराज के आसपास आ जा रहे हैं परन्तु किसी में कुछ पूँछनें का साहस कहाँ? पृष्ठभूमि में गुंजित हो रहा है–

बुद्धम् शरणम् गच्छामि

संघम शरणम् गच्छामि

धम्मं शरणम् गच्छामि

सम्राट की चिन्ता का करण राज्य में हो रहे छिटपुट विद्रोह हैं, विशेषकर तक्षशिला के विद्रोह। महाराज विन्दुसार के समय में जब उन्हें तक्षशिला का विद्रोह दबानें को भेजा गया था तो कैसे विद्रोहियों नें अशोक के आगमन की सूचना मात्र से विद्रोह छोड मुख्यधारा में लौट आये थे। और दुबारा स्वयं के शासनकाल में कैसे बलपूर्वक तक्षशिला का विद्रोह दबाया था। परन्तु अब वह बौद्ध है, युद्ध अनावश्यक सोचता है। पुत्र महेन्द्र और पुत्री संघमित्रा भी भिक्षु बनकर सिंहल द्वीप को धर्मप्रचार हेतु जा चुके हैं। यदपि उसके अन्य पुत्र विद्रोह का दमन करनें में पूर्ण सक्षम हैं परन्तु महाराज की चिन्ता का विषय विद्रोह दमन न होकर"विद्रोह का कारण क्या है"

यह बात है। महाराज स्वयं धर्म के मार्ग पर चलकर प्रजापालन कर रहे हैं। प्रजा को पुत्रवत

स्नेह करते हैं। राज्य मे प्रजा सबविधि धन-धान्य एवं वस्त्राभूषणों से सम्पन्न है, साम्राज्य में कहीं भी भय का माहौल नहीं है प्रजा भी धार्मिक है, फिर सीमाप्रान्त पर बार-बार विद्रोह। कहीं किसी विदेशी शक्ति का हाथ तो नहीं। फिर अपनें इस चिन्तन पर स्वयं ही मन में मुस्काराते हुए"अभी पड़ोसियों में इतनी शक्ति नहीं है।"

सोचते-सोचते सम्राट का ध्यान बहुत पुरानें समय की ओर चला जाता है जब उनके पिता श्री सम्राट थे और वो स्वयं एक बालक एक राजकुमार थे। अपनी माता श्री के प्रिय पुत्र, महाराज विन्दुसार के स्नेह के पात्र। वैसे तो सभी राजकुमारों को एकसमान शिक्षा-दीक्षा दी जाती थी परन्तु अशोक उनमें सबसे पहले निपुड़ हो जाते, चाहे शस्त्र की विद्या हो या धर्मशास्त्रों की। शारीरिक सौष्ठव में भी सभी भाइयों से आगे। गुरूकुल में आयोजित की गयी किसी भी प्रतियोगिता में सबसे आगे, हमेशा प्रथम स्थान। इसी बात से अन्य भाई अशोक से ईर्ष्या रखते थे।

सभी भाई बड़े हुए राज्य की पश्चिमी सीमा ज्यादा संवेदनशील और महत्वपूर्ण थी अत: तक्षशिला का प्रान्तपाल अशोक के बड़े भाई और राज्य के उत्तराधिकारी सुशीम को बनाया गया तथा अशोक को दक्षिण में प्रान्तपाल बनाया गया। कुछ ही दिनो बाद सुशीम के अनुभवहीन प्रशासन के कारण जनता विद्रोह कर बैठी। विद्रोह का दूसरा कारण जनता में यूनानी मूल के लोगों का भी रहना और समाज में उनकी ऊँची हैशियत भी थी। विद्रोह का दमन जब सुशीम के बस की बात न रही तो उन्होनें महाराज से सहायता माँगी। महाराज नें विद्रोह दमन हेतु अशोक को भेजा। अशोक के तक्षशिला पहुँचते ही विद्रोहियों नें हथियार डाल दिया। महाराज के नजर में अशोक की प्रतिष्ठा बढ़ गयी परन्तु सुशीम अशोक को अपना प्रतिद्वन्दी समझनें लगा।

सुशीम के कहनें पर सम्राट नें अशोक को प्रान्तपाल को पद से हटा दिया अशोक कलिंग चला गया जहाँ पर उसके जीवन को एक नया और सुन्दर मोड़ हासिल हुआ, और वह मोड थी राजकुमारी करूआकी उर्फ करू। सखियों संग बावली में स्नान करने जा रही थी कुन्दन जैसा चेहरा, मृग के समान नयन, कमल के नाल जैसी कमर और मयूरी जैसी चाल, मानों

स्वर्ग से अप्सरा उतर आयी है। अशोक बागान मे टहल रहा था आँखें चार हुई अशोक के हृदय में करुआकी के प्रति प्रेम उत्पन्न हो गया। करुआकी भी अशोक के वीरोचित बनावट को देखकर प्रभावित होने से बच न सकी थी।

इधर राज्य में पुनः विद्रोह होने पर महाराज द्वारा अशोक को बुलाया गया और अशोक नें विद्रोह का दमन किया। अशोक की यशकीर्ति से युवराज सुशीम सहित सभी भाई अशोक से ईर्ष्या रखनें लगे। सम्राट बिन्दुसार वृद्ध हो चले थे, शासन का संचालन सुशीम ही करते थे। सुशीम की अयोग्यता एवं प्रजाजनो, दरबारियों एवं अन्य अधीनस्थों से उसके दुर्व्यवहार के कारण प्रजा में उसके प्रति असंतोष था। इधर अशोक की वीरता एवं सदगुणों से प्रजा में अशोक का आदरणीय स्थान था। प्रजा एवं दरबार के उच्च अधिकारी चाहते थे कि अशोक ही सम्राट बनें।

एकदिन दुर्भावनावश एवं अशोक को नीचा दिखानें के लिए भाइयों नें अशोक की माता की हत्या कर दी, सूचना अशोक तक पहुँची। उसके सिर पर बदले का जुनून सवार हो गया। महल पहुँचकर उसनें सुशीम सहित सभी भाइयों का वध करके उनकी लाश को कुएँ में डाल दिया और सत्ता की शक्ति अपने हाथ ले ली। धीरे–धीरे राज्य के आन्तरिक अशान्तियों और विद्रोहों का दमन कर उसके अन्दर साम्राज्य विस्तार और भारतवर्ष के एकीकरण का विचार उत्पन्न हुआ। महाराज बिन्दुसार के देहावसान के बाद विधिवत अशोक का राज्याभिषेक हुआ और वह सम्राट अशोक के नाम से राजगद्दी पर बैठा।

छिटपुट विजय के उपरान्त उसनें एक बड़ा निर्णय लिया। कलिंग उसकी सीमा से सटा बड़ा राज्य था जो मगध की अधीनता स्वीकार नहीं करता था। सम्राट नें कलिंग पर आक्रमण करनें का आदेश दे दिया। सेनायें मैदान में आमने सामनें आ गयीं फिर क्या था, युद्ध आरम्भ हो गया। एक तरफ थी मगध के महान और विशाल साम्राज्य की अजेय मानी जानें वाली विशाल और यशस्वी सेना, जिसके सिर साम्राज्य विस्तार का भूत सवार था तो दूसरी तरफ कलिंग की देशभक्त सेना, देशहित में प्राण लेना और प्राण देना जिसका धर्म था। घमासान युद्ध हुआ अशोक और उसके सेनापतियों, महारथियों के छक्के छूट जाते। अशोक ने तमाम

युद्ध किया था। सेनायें उसके सामने टिकती नहीं थीं लेकिन कलिंग की सेना का प्रतिरोध दूसरे ढंग का था। युद्ध लम्बा खिंचता गया रोज भारी नरसंहार होता। अंत में एक महीने तक चले युद्ध के बाद अशोक ने विजय श्री हासिल किया। भारी नरसंहार हुआ था, मगध की सेना को भी बहुत क्षति पहुँची थी। युद्धक्षेत्र में बीभत्स दृश्य था। लाशों का अन्तिम संस्कार करने वाला नहीं बचा था। सम्भवत ः बच्चों को छोडकर कलिंग में पुरुष नहीं बचे थे। लाशों के सडने से महामारी फैल गयी थी। अशोक का मन इस नरसंहार से विचलित सा हो गया था। उसका मन अशांत था।

इसी अशांत मन से वह कलिंग के राजसिंहासन पर आसीन हुआ। कलिंग में एकबार फिर उसका करुआकी से सामना हुआ लेकिन इसबार अपने लिए उसने करुआकी की आँखों में घृणा के भाव देखे। अशोक का मन निरंतर अशांत रहता उसे यह संसार और जीवन मिथ्या प्रतीत होता। इसी माहौल में एक दिन अशोक उद्यान में बैठा था एक भिक्षु का आगमन हुआ। भिक्षु के चेहरे पर असीम शान्ति और एक तेज था। भिक्षु का नाम था उपगुप्त। अशोक भिक्षु से प्रभावित होकर अपनी मन ःस्थिति का बखान भिक्षु के समक्ष किया। भिक्षु के उपदेशों से अशोक का मन कुछ हल्का हुआ। भिक्षु से प्रभावित होकर अशोक ने बौद्ध धर्म ग्रहण कर लिया।

अब अशोक एक सन्तहृदय सम्राट बन चुका था। बौद्ध धर्म की शिक्षाओं को उसने शिलाओं पर लिखकर अपने राज्य मे स्थापित करवाना शुरू कर दिया था। तथागत से जुड़े स्थानों पर उसने स्तूप तथा विहार बनवाये। अब वह युद्ध विजय के स्थान पर धम्म विजय को मान्यता देता था। वह शाकाहारी तथा युद्ध और हिंसा से दूर रहता था।

एकाएक महाराज की सोच की मुद्रा भंग हुई। क्या मेरा बौद्ध धर्म स्वीकार कर युद्ध न करने की नीति से ही बार बार राज्य में विद्रोह तो नहीं फैलता। क्या युद्ध का अभ्यास न होने से लोग हमारी सेना को कमजोर समझ रहे हैं। क्या माँश भक्षण न करने से सेना में वैराग्य आ गया है क्या यही भावना विदेशियों के मन में तो नहीं। कहीं ऐसा न हो कि मेरे बाद मेरे उत्तराधिकारी और साम्राज्य कमजोर हो जायं और विदेशी ताकतें इसका फायदा उठायें।

कहीं अखंड भारत टुकड़ों में न बंट जाय।

"नहीं–नहीं ऐसा नहीं होगा"

बुद्धं शरणम् गच्छामि…गुनगुनाते महाराज राजमहल के अन्दर चले गये।

ब्रह्मराक्षस

वह भागते-भागते थक चुका था, और कब गाँव बीता और कब जंगल में पहुँच गया उसे भान ही न रहा, जब उसे अपने पीछे दौडते लोगों के पदचाप और शोर सुनाई देना बन्द हुआ तो वह थोड़ा संयत हुआ। पीछे मुडकर देखा तो लोग कहीं दिखाई नहीं दे रहे थे। तभी उसने महसूस किया कि वह जंगल में पहुँच चुका है। घना जंगल, घुप्प अंधेरा। वह एक पीपल के विशाल वृक्ष के नींचे खडा था, जिसकी मोटी-मोटी शाखायें लगभग जमीन के पास से ही विकसित हुई थीं। वह एक मोटी शाखा पर चढ़कर बैठ गया। तनाव,थकान और चोटों की पीड़ा के मध्य उसे जंगल का भय जाता रहा और वह उसी डाल पर सो गया।

जब नींद खुली तो धूप पीपल के घने पत्तों से छनकर उसके ऊपर पड़ रही थी। उसने अंदाजा लगाया कि लगभग दस बज रहे होंगे। कहाँ जाये क्या करे ? गाँववाले तो उसे देखते ही मार डालेंगे। घटनायें उसके दिमाग में चलचित्र की तरह चलनें लगी।

हिमालय की तराई में बसा उत्तरप्रदेश के पिछड़े भूभाग पूर्वांचल का उसका अतिपिछड़ा गाँव। विद्युत की पहुँच अभी तक उसके गाँव तक नहीं हो पायी थी। जंगल से सटा लगभग तीन हजार की आबादी वाला गाँव। गाँव में इधर महीनें भर से अजीबोगरीब और दुःखद घटनायें घट रहीं थी। पहले रामदीन की भैंस जो कि गर्भवती भी थी आनन फानन में रहस्यमयी बीमारी से मर गयी, रामदीन का बहुत नुकसान हुआ था। वह माथा पीटकर रह गया। अभी बमुश्किल चार-पाँच दिन हुए थे कि अचानक भरी दोपहर जियावन का कच्चा घर जलनें लगा। गाँव वाले बडी मुश्किल से आग पर काबू कर सके। एक सप्ताह के बाद मुनेसर का पोता जो कि छः महीनें का था एक दिन के बुखार से ही मर गया। अब तो गाँव भर में यह बात फैल गयी कि गाँव पर ब्रह्मराक्षस का साया है। गाँववाले मिलकर ओझा के पास गये, पूजा, मनौती भी चढ़ाई गयी लेकिन ब्रह्मराक्षस का प्रकोप दूर न हुआ।

गाँव में और कई भैंसें मृत हुईं। उस दिन सायंकाल गोपाल का चारवर्षीय पुत्र अचानक

गायब हो गया। गाँववाले ढूँढ़ते-ढूँढ़ते परेशान। इधर हरिया की घरवाली सुगना बाजार गयी थी लौटते-लौटते शाम हो गयी। गाँव के पास पहुँचते ही नाले के किनारे उसनें देखा सूरज जमीन पर उकड़ूँ बैठा था और किसी बच्चे की क्षत-विक्षत लाश उसके सामनें पड़ी थी। वह डरकर दौड़ती चिल्लाती गाँव की तरफ भागी।"सूरज ही ब्रह्मराक्षस है" गाँववाले बच्चे को खोजते इधर ही आ रहे थे। सभी हरिया की घरवाली के साथ घटनास्थल पर पहुँच गये। सूरज लाख चिल्लाता रहा"बच्चे को किसी जानवर नें खाया है, मैं इधर से गाँव लौट रहा था तो लाश देखकर बच्चे की शिनाख्त हेतु पास बैठ गया।" परन्तु गाँववालों को पक्का यकीन हो गया कि सूरज ही ब्रह्मराक्षस है। लोग उसे ड़ण्ड़े और ईंट के टुकड़ों से पीटते रहे। वह भागता रहा......भागते-भागते वह जंगल में पहुँच गया।

शाम हो गयी थी लोगों नें बच्चे की लाश को मिट्टी में दफन कर दिया और अपनें घरों को चले गये। आज गोपाल के घर भारी विपत्ति आयी थी। दूसरे दिन गाँव में पुलिस पहुँची शायद किसी नें इत्तिला कर दिया था। परिवार वालों को समझा बुझाकर पंचनामा भरवाकर लाश निकलवाकर पोस्टमार्टम हेतु भिजवा दिया।

इधर गाँव में पन्द्रह-बीस दिन सबकुछ सामान्य रहा, कहीं से किसी अप्रिय घटना की खबर नहीं आयी। अब गाँववालों नें मान लिया कि सूरज ही ब्रह्मराक्षस था और अब उसके चले जानें से गाँव महफूज हो गया है। फिर एक दिन गोपाल के बच्चे की पोस्टमार्टम रिपोर्ट भी आ गयी जिसमें यह दर्शाया गया था कि बच्चे की मौत तेंदुऐ जैसे किसी जानवर के द्वारा श्वाँस नली के काटने से हुई है। अब गाँव में कई तरह की चर्चायें शुरू हो गयीं। कोई कहता किसी प्रकार का भूत-प्रेत नहीं देखो बच्चे को तेंदुए नें खाया था। तो कोई कहता नहीं सूरज के ऊपर ब्रह्मराक्षस का साया है। उसके चले जानें से गाँव सुरक्षित हो गया।

कुछ दिन बाद गाँव में फिर घटनायें घटनें लगीं कहीं किसी दोपहर किसी के छप्पर में आग लग जाती, पूरा गाँव आग बुझानें में लग जाता। तो कहीं किसी का छोटा बच्चा बीमार हो जाता और दवा, दुआ दोनों का दौर चलनें लगता। बड़ी ही मुश्किल से बच्चे की जान बचती। किसी की बकरी बीमार हो जाती जो कभी ठीक होती तो कभी मर जाती। कुल मिलाकर गाँव

दहशत की चपेट में था। आसपास के गाँवों में भी खबर फैल गयी कि फलां गाँव में ब्रह्मराक्षस का साया है, लोग उस गाँव के किसी व्यक्ति के यहाँ पानी भी पीने से कतरानें लगे। मतलब पानी सिर के ऊपर से गुजरनें लगा। पूरा गाँव परेशान उनका आसपास के गाँवों से सामाजिक सम्पर्क कट गया था।

अब गाँव दो खेमें में बंट गया था। एक इसे प्राकृतिक आपदा मानता तो दूसरा ब्रह्मराक्षस का साया। एक गुट प्रशासन से मदद माँगनें गया तो दूसरा एक पंडित जी के पास गया जिन्हें लोग पहुँचा हुआ तांत्रिक मानते थे। पंडित जी नें बताया कि गाँव के पश्चिम तरफ शिवप्रसाद के खेत में जो पीपल का पेंड है और उसके पास कुँआ था कुआँ धीरे धीरे पटता गया और इस वर्ष शिवप्रसाद के परिवार नें उसकी उपरी ईंटें निकालकर खेत में शामिल कर लिया। सैंकड़ों वर्ष पहले उसी कुएँ में गिरकर एक ब्राह्मण की अकाल मृत्यु हो गयी थी जो कि ब्रह्मराक्षस बनकर उसी कुऐं में रहता था। कुएँ के पट जानें से उसका घर उजड़ गया है और वह बहुत गुस्से में है। आनें वाली अमावस्या को शान्ति हेतु पूजापाठ करनें का उपाय बताया। गाँववालों के कहनें पर पूजा सामग्री की लिस्ट उन्हें सौंप दी।

उधर दूसरे गुट के प्रयास से गाँव में स्वास्थ्य विभाग, पशुपालन विभाग और अग्निशमन विभाग की संयुक्त टीम नें गाँव में कैम्प किया। उन्होंनें पशुओं और बच्चों की बीमारी का कारण विशेष प्रकार के वायरस को बताया। और सभी बच्चों तथा सभी पशुओं का टीकाकरण किया। आगजनी की घटनाओं पर अग्निशमन विभाग का अभिमत था कि अत्यधिक गर्मी ही आगजनी का कारण है। सुरक्षा और बचाव के समुचित उपाय सुझाये।

नियत तिथि पर पंडित जी पहुँचे पीपल के नीचे जहाँ कुआँ था गाय के गोबर से लीपा गया पंडित जी नें चौक पूरा इत्र आदि का छिड़काव किया और रात्रि बारह बजे विधिवत पूजा प्रारम्भ किया। पूजन कार्यक्रम सुबह चार बजे तक चलता रहा। कभी पंडित जी के चेहरे पर तेज होता कभी निराशा। कभी-कभी स्वयं से बातें करनें लगते। खैर पूजा सम्पन्न हुई। फिर पता नहीं दवाओं का असर या पूजा का उसके बाद गाँव में घटनायें होनी बन्द हो गयीं। गाँववालों नें सूरज को भी खोज निकाला और ससम्मान गाँव लेकर आये।

वह कौन था?

संस्मरण लगभग उन्नीस वर्ष पुराना है अपनी जिन्दगी मैं मैनें पहली बार ऐसी अनुभूति की थी। वैसे तो मुझे भूत प्रेत जैसी नकारात्मक(तथाकथित) शक्तियों पर विश्वास नहीं होता लेकिन इस घटना को मैनें अपने जीवन में महसूस किया है।

वही मेरी नई–नई नौकरी लगी थी घर में खुशी का माहौल था घर के बडे बेटे की सरकारी नौकरी जो लगी थी। हम लोग गाँव में निवासरत थे। नौकरी लगनें की खुशी में श्रीरामचरितमानस का पाठ कराया गया था।

हुआ यूँ कि दूसरे दिन दीपावली थी और मुझे किसी काम के सिलसिले में जिला मुख्यालय जाना था। शाम को मैं काम पूरा कर पैसेन्जर ट्रेन से घर वापस लौटा। रात नौ बजकर तीस मिनट पर मैं छोटे से स्टेशन पर उतरा जो अमावस के घने अंधकार में डूबा हुआ था। मेरा घर स्टेशन से पाँच किलोमीटर दूर था और ये सफर मुझे पैदल ही तय करना था। ट्रेन से उतरकर मैं स्टेशन से बाहर आया और गंतव्य की ओर चल पड़ा। चार पाँच अन्य लोग थे जो बाहर निकलकर बाजार की तरफ मुड़ गये। स्टेशन के पीछे कुछ जनसमुदाय वी.सी.आर पर ग्राउण्ड में फिल्म लगाकर देख रहे थे।

कार्तिक की घनी अंधकारयुक्त रात्रि ऊपर से अमावस का अंधेरा बारिश भी हुआ था, शरद ऋतु का आगमन, कुल मिलाकर मौशम सुहावना पर डरावना था परन्तु मेरे मन में ऐसी कोई भावना नहीं थी। मैं तेज कदमों से घर की ओर चल पड़ा। स्टेशन से लगभग चार सौ मीटर चलने पर घने अंधेरे में मुझे अपने सामने लगभग पच्चीस मीटर की दूरी पर कोई साया चलता हुआ नजर आया, मैनें सोचा कोई व्यक्ति ट्रेन से उतरा होगा और मेरी ही दिशा में चल रहा है आओ इसके साथ होकर बतियाते निकल चलेंगे, इस भावना से मैं तेज कदमों से चलने लगा। थोड़ी देर चलने पर मेरे और उसके बीच जब फासला न घटा तो मैं तेज–तेज दौड़ने लगा। लगभग पाँच–छह सौ मीटर तेज दौड़ने पर भी जब मेरा और उसका फासला नहीं घटा

तो मैं डर गया और सड़क पर खड़ा हो गया। साया भी अपनी जगह स्थिर जगह खड़ा था। रात्रि का घना अंधकार और सर-सर चलती हवायें तथा एकाकीपन माहौल को और भी डरावना बना रहे थे। मैं विचार कर रहा था कि आगे बढ़ूँ या स्टेशन के पीछे लौटकर फिल्म देख रही भीड़ में शामिल हो जाऊँ। स्टेशन एक किलीमीटर पीछे था और घर चार किलोमीटर आगे। छोटा स्टेशन होनें के कारण वापस लौटनें में भी हिचक हो रही थी, क्योंकि फिल्म ज्यादा से ज्यादा घंटा दो घंटा चलती और रात लगभग आठ घंटे बाकी थी। मोबाइल फोन की पहुँच उस वक्त तक हमारे इलाके या हमारे प्रदेश तक नहीं थी। सुनसान अंधेरा इलाका, मेरे पास टार्च भी नहीं था। लगभग दस मिनट बाद सामनें से एक मोटरसाइकिल गुजरी उसकी रोशनी में कहीं कुछ नजर नहीं आया।

मोटरसाइकिल गुजरनें के बाद मैं श्री हनुमान चालीसा का पाठ करते घर की ओर आगे बढ़ा। लगभग एक किलोमीटर के बाद एक घर था और लगभग तबतक मुझे साया तो नहीं दिखता था लेकिन कुछ आभास होता रहा था। घर के ऊपर एक किशोरवय एवं एक युवा लाइटिंग कर रहे थे मैंने नीचे से उन्हें सारी बात बताकर माचिस माँगा, बात सुनते ही वो घर में घुस गये और घर से कोई बाहर न निकला।

सुनसान रास्ते मैं घर की ओर बढ़ा, सड़क के दोनो ओर पानी भरे गड्ढ़ों में जब मेढ़क कूदते मैं डर जाता लेकिन फिर वैसी अनुभूति नहीं हुई। मैंने घर पहुँचकर सबको यह बात बतायी। सभी नें तरह-तरह के संस्मरण सुनाते मेरे साहस की तारीफ की।

पेड़ वाला भूत

बात लगभग पन्द्रह वर्ष पुरानी है गाँव में चोरों का शोर मचा हुआ था रोज अगल-बगल के किसी गाँव से रात में मदद के लिए शोर मचता। कहीं दूर खेतों में टार्च की रोशनी दिखलायी पड़ती तो कहीं किसी के घर ईंट गिरता। लड़कों की टीम रात-रात भर जग कर पहरेदारी करती। मैं भी सप्ताहांत की छुट्टी में गाँव गया था। गाँव के बगल हमलोगों का विशाल आम का बाग था। रात को नौ बजे गाँव के एक व्यक्ति नें बताया "बाग में आम का एक पेंड कोई जोर-जोर से हिला रहा है, मैं साइकिल से आ रहा था, मैं डर गया।"

बात पूरे गाँव में फैल गयी, कोई कहता पेंड पर चोर बैठे हैं तो कोई कहता बाग में एक भूत रहता है उसी की कारस्तानी है, जितने मुँह उतनी बातें।

फिलहाल गाँव के साहसी किशोरों, कुछ नौजवानों की टीम नें लाठी, डंडे, भालों और टार्च से लैस होकर सच जानने को बागों का रूख किया। मैं भी उनके साथ हो लिया। बाग घना था, जिस पेंड के हिलने की बात की गयी थी वह लगभग पचास फिट तक सीधा सपाट कोई डाली नहीं उसके ऊपर पत्तियों का झुरमुट। चूँकि चोरों का हल्ला कई दिनों से था तो सबके हाथ नये टार्च थे। वह पेंड एकाएक लोगों के टार्च की रौशनी में जगमग हो गया एक-एक पत्ता साफ नजर आनें लगा। टार्च की रौशनी में पेंड पर कहीं कोई नहीं। एक व्यक्ति बोला "कुछ नहीं दिखेगा, मैं बोलता था न भूत की कारस्तानी है, अकेले आओ तब देखो।" नवम्बर का महीना था उस व्यक्ति की बात और घने अंधकार का डरावना माहौल सभी थोड़ा डर गये, लेकिन पता तो लगाना था। एक-एक कर पेड़ों पर टार्च जलायी जाती कुछ दिखलायी न पड़ने के साथ माहौल और गहरा जाता। कोई कहता चोर रहे होंगे कहीं उतरकर छिप गये होंगे।

धीरे-धीरे रात के ग्यारह बज गये गाँव के लिहाज से आधी रात हो चली थी। एकाएक बाग के कोनें पर आम का विशाल और घना वृक्ष जोर से हिला, सभी डरकर एक दूसरे का मुँह देखनें लगे। फिर सभी हिम्मत बनाकर पेंड के नीचे पहुँचे। टीम बनायी गयी कौन भाले डण्डे

सम्भालेगा कौन टार्च सम्भालेगा। एकसाथ कई टार्च पेड़ पर जलाये गये, लगभग तीस फिट पर दो आँखें चमकी डरावनी सी। सिर्फ आँखें दिख रही थीं कहीं कोई शरीर नहीं। दो मिनट सभी उसी स्थिति में फिर पेड़ पर ढेला फेंका गया। वह कुछ हिला, काला सा शरीर लेकिन बहुत ज्यादा पहचान में नहीं कि क्या है। फिर कई और ढेला फेंकने पर वह कुछ रेंगा तो पता चला सोनियार है (बाँस और बेर की कंटीली झाड़ियों में रहनेवाला एक स्तनधारी जीव) फिर और ढेले मारे गये वह कूदकर दूसरी डाल पर चला गया। रहस्य का समाधान हो जानें पर टीम लगभग बारह बजे गाँव में वापस लौटी।

हवेली का सच

गाँव वाले उस पुरानी हवेली को भुतहा हवेली कहते थे दिन ढलने के बाद अगर बहुत जरूरी न हो तो कोई उस रास्ते जाना नहीं चाहता था। कभीकभार उस रास्ते से गुजरने वाले लोग हवेली से तरह-तरह की आवाजें और अजीब सी रोशनी आने की बातें बताते। कुल मिलाकर गाँव के लोगों के बीच उस हवेली की नकारात्मक छवि बनी हुई थी।

वह हवेली गाँव से लगभग पाँच सौ मीटर की दूरी पर थी। बुजुर्ग बताते कि पहले के जमाने में स्थानीय जमींदार का विश्रामस्थल हुआ करता था। जब वो शिकार खेलने के लिए आते तो यहीं विश्राम करते थे। देश की आजादी और जमींदारी उन्मूलन के साथ-साथ हवेली भी अपनी रौनक खो चुकी थी, अब वहाँ आने-जाने वाला कोई नहीं था।

मई माह की एक दोपहर हवेली के पास वाले बाग में बच्चे छुपन छुपाई खेल रहे थे। खेलते-खेलते गरिमा नामक छोटी बच्ची हवेली के अन्दर पहुँच गयी, एक बच्चे नें देख लिया, बच्चों में कोहराम मच गया।

बच्ची जब दो घंटे बाद भी बाहर न आयी खबर गाँव तक पहुँच गयी, गाँव से लोग वहाँ पहुँचे भी लेकिन अन्दर जानें की हिम्मत किसी की न हुई। शाम का धुंधलका घिरने लगा था। जितने मुँह उतनी बातें कोई कुछ कहता कोई कुछ।

अन्त में पुलिस को सूचना दी गयी एक टीम वहाँ आकर पहुँची मगर अन्दर जानें में वो भी हिचकिचा रहे थे गाँव वालों के दबाव में और भी फोर्स बुलाकर टीम नें अन्दर प्रवेश किया। माहौल में डरावनी आवाजें आनी शुरू हो गयी।

अन्दर पहुँचकर अन्दर का नजारा देखकर पुलिस पार्टी भी सन्न रह गयी। माहौल में शराब और मारिजुआना की बदबू तैर रही थी।

हवेली के अन्दर अवैध शराब गोदाम का जखीरा और गैरकानूनी गतिविधियों का केन्द्रविन्दु था। कुछ आपराधिक प्रवृत्ति के लोग बैठे हुए थे। उन्हीं के बीच बच्ची बरामद हुई।

सम्भवत: बच्ची ने उन्हें देख लिया था और भाण्डा फूटनें के भय से उनलोगों नें बच्ची को बन्धक बना लिया था। आपराधिक लोगों के पकड़े जाने के साथ हवेली का रहस्य भी उजागर हो गया।

हाइवे वाला भूत

यह किस्सा लगभग उन्नीस वर्ष पुराना है, वही मेरी नयी-नयी नौकरी लगी थी। मेरा घर हाइवे से लगभग सात सौ मीटर की दूरी पर है। हुआ यूँ कि उस समय हाइवे का चौड़ीकरण होकर दो लेन से चार लेन बनाया जा रहा था। सड़क किनारे लगे पुराने वृक्षों के कट जाने और सड़क के खुद जाने के कारण बाहर से बस द्वारा यात्रा करने पर बस के अन्दर से गाँव के चौराहे को पहचानना मुस्किल था, सभी लैण्डमार्क मिट गये थे।

मैं सप्ताहांत की छुट्टी पर घर को वापस आ रहा था, रात को दस बज चुके थे। दिसम्बर का महीना और कुहरा जोर का पड़ रहा था, आँख को हाथ तक नहीं सूझता था। मैंने अपने गाँव के चौराहे का अन्दाजा लगाकर बस रुकवाया। उतरने पर मालूम हुआ कि बस मेरे चौराहे से लगभग सात-आठ सौ मीटर आगे निकलकर रुकी है, लिहाजा मैं पैदल घर की दूरी तय करने लगा। अभी बमुश्किल चार सौ मीटर चला हूँगा कि मेरा पैर अजीब सी ठंढी चीज से टकराया, मैं गिरते-गिरते बचा। नजर जमाकर जब मैंने नीचे देखा तो मेरे होश फाख्ता हो गये। मेरा पैर जिस चीज से टकराया वह धड़ से ऊपर नंगी लाश थी जिसका सर गायब था। मैं डरकर भागा और रोते-रोते बहुत ही मुश्किल से घर पहुँचा। घर पहुँचकर मैं बस रोये ही जा रहा था। घरवाले मुझसे रोने का कारण पूँछ रहे थे लेकिन में बस रोये ही जा रहा था। मेरे रोने से ठंढक की उस रात में भी गाँव के अगल-बगल के लोग इकट्ठा हो गये। किसी ने कहा चाय पिलाकर संयत होने दो तब कुछ पूछें। चाय पीकर और अपने अगल-बगल इतने स्वजनों को देखकर मैंने सारी बात एवं इर का कारण बताया। सभी ने एक स्वर में कहा जरुर हाइवे का भूत होगा जिसने डराया है।

खैर मैं संयत होकर सोने चला गया सुबह जब अखबार आया तो तीसरे पृष्ठ (स्थानीय) की हेड़लाइन थी "हाइवे के किनारे सर कटी लाश बरामद हुई"।

जिन्नों की बस्ती

डाक्टर विस्वास शहर के मशहूर चिकित्सक थे। जितनें मशहूर उतनें ही मृदुभाषी एवं व्यवहारिक व्यक्ति थे। लोग कहते उनके हाथ में जादू है, जो भी दवा दे देते हैं अमृत सा असर करती है। रात में भी यदि कोई बुलानें आ जाये तो कोई संकोच न कर तत्काल अपनी गाडी से उसके घर चले जाते थे।

एक रात बारह बजे उनके घर की घंटी बजी। डाक्टर साहब बाहर निकले तो देखा कि एक पच्चीस छव्बीस वर्षीय युवक घबराया सा बाहर खड़ा है। डाक्टर साहब नें पूछा"क्या बात है?"

"साहब मेरी पत्नी की तबियत बहुत खराब है, जल्दी चलें"

"परेशानी क्या है?"

"साहब पत्नी गर्भवती है, बच्चा होने वाला है पर हालत बहुत खराब है। लगता है बचेगी नहीं"

"भाई किसी लेडी डाक्टर को ले जाओ" डाक्टर साहब ने कहा

"साहब कोई चलनें को तैयार नहीं होगा"

"बच्चे का मामला है मैं क्या कर सकता हूँ"

"साहब आपके साथ में जादू है, मेरा मन करता है आप चले चलेंगे तो मेरा भला हो जाएगा"

कुछ सोचकर डाक्टर साहब नें अपनी कार निकाली और उस व्यक्ति को बैठाकर उसके बताये रास्ते पर चल दिये। धीरे-धीरे वो शहर से बाहर पहुँच गये।"अरे भाई हमें चलना कहाँ है?" डाक्टर साहब की आवाज में झल्लाहट था क्योंकि वो एक लम्बा रास्ता तय कर चुके थे और शहर से बाहर थे।

"इस तरफ" उसनें कब्रिस्तान की तरफ इशारा किया

"मगर उधर तो कब्रिस्तान है" डाक्टर साहब की आवाज में शंका और झुँझलाहट का

पुट था।

"हाँ उधर ही मेरा घर है......आप चलें डरें नहीं आपको कुछ नहीं होगा"

डाक्टर साहब डर तो रहे थे मगर सुनसान जगह पर उसकी बात माननें के अलावा कोई चारा नहीं था। कार कब्रिस्तान में पहुँची, चौडी सुरंग के बीच से गुजरकर एक बंकरनुमा घर में पहुँचे। वहाँ वास्तव में एक औरत प्रसव पीडा से छटपटा रही थी। डाक्टर साहब नें दवा दिया। कुछ देर बाद प्रसव हुआ। वह व्यक्ति डाक्टर साहब के आगे हाथ जोड़कर खड़ा हो गया" साहब हमलोग जिन्न हैं लेकिन आप डरें नहीं, आपको कुछ नहीं होगा। आपका बड़ा उपकार हुआ है, आप हमारे लिए भगवान हैं।"

फिर डाक्टर साहब ने देखा वहाँ कब्रिस्तान में जश्न का माहौल है, लोग नाच गा रहे हैं। उस व्यक्ति नें डाक्टर साहब के मना करनें के बाद भी बहुत सा सोना-चाँदी डाक्टर साहब को देकर और घर तक छोड़कर आया।।

चाचा पर चढ़ा चुनावी रंग

हमारे मुहल्ले में एक चाचा जी हैं तबीयत से थोड़े राजनैतिक कई बार स्थानीय निकाय चुनाव में वार्ड मेम्बर हेतु किस्मत आजमाया मगर सफलता हाथ लगने को कौन कहे हरबार जमानत ही जब्त हुई है।

इस बार जब लोकसभा चुनाव की दुन्दुभी बजी तो चाचा जी का मन भी राजनीति में सक्रिय रूप से भागीदार बनने के लिए मचल गया, लिहाजा एक रविवार सुबह-सुबह मेरे घर आ धमके। मैनें प्रणाम कर कुर्सी पर बैठाते हुए चाय के लिए श्रीमती जी को बोला और चाचा जी का कुशल क्षेम जाननें को मुखातिब हुआ। छूटते ही चाचाजी बोले”बेटा इसबार मुझे लोकसभा जाना है।” मैनें सोचा सायद लोकसभा देखनें जाना चाह रहे हों। मैनें कहा”चाचाजी नयी लोकसभा का गठन हो जानें दीजिए फिर जाकर देख आइएगा।”उस तरह नहीं”।”फिर कैसे?” मैं थोडा विस्मित होकर पूँछ बैठा।”सांसद बनकर” चाचा बोले। हंसी मेरे होंठों तक आकर रूक गयी।”मैं चुनाव लडना चाहता हूँ, कुछ मदद करोगे।”

”कैसी”

”अरे कुछ पोस्टर बैनर और कुछ कार्यकर्ताओं के जलपान में छोटा सा सहयोग।”

थोड़ी हीलाहवाली के साथ मैं तैयार हो गया। सम्भवतः चाचा नें मुहल्ले के कुछ और लोगों से बात किया होगा। फिर ज्योतिषी जी से समय निकलवाकर चाचा नें निर्धारित तिथि को निर्दल प्रत्याशी के रूप में पर्चा दाखिल कर दिया। जाँच में पर्चा वैध पाया गया, अब चाचाजी का चुनावी अभियान शुरु।

चाचा रोज सुबह अपनी मोपेड़ से चुनाव प्रचार को निकल लेते। चाचा को एक सुरक्षाकर्मी भी मिल गया था, जो कि चाचा के लिए एक समस्या ही था। उसको भी चाय नाश्ता करायें, खाना खिलायें। असली समस्या तो शाम को होती थी जब चाची बडबड़ातीं”बुढ़ौती में चुनाव लड़नें का चस्का चढ़ा है, एक लोग को और लेकर चले आते हैं, उनकी भी खातिरदारी

करो।" चाची किसी तरह चाय, नाश्ता खाना तो दे देती फिर बड़बड़ाती"अब बिस्तर भी दो।"

चाचा दिन भर गली के नुक्कड़ पर बैठे हाँकते रहते"पहुँच जाने दो लोकसभा, मुहल्ले को पेरिस बना दूँगा।" ये बात अलग थी पेरिस कभी गये नहीं थे। बंदूकधारी सुरक्षाकर्मी मिलने से चाचा का रुतबा बढ़ गया था। चाचा सब्जी की दूकान पर सब्जी खरीदते, सुरक्षाकर्मी पीछे खड़ा। चाचा राशन की दूकान पर, सुरक्षाकर्मी साथ में। कभी-कभी चाचा कहते"मैं थक गया हूँ, मोपेड़ तुम चलाओ" चाचा आराम से पीछे बैठे हुए। कभी-कभी सुरक्षाकर्मी और चाचा दोनों रिक्शे से आते दिखते। सुरक्षाकर्मी कभी-कभी चाचा की ऊलजलूल हरकतों से तंग आकर कहता"कहाँ ड्यूटी लगा दिया।"

फिलहाल चुनाव का दिन आ ही गया सुबह से मतदेय स्थल पर लोगों की कतारें। फिलहाल मैनें चाचा को ही वोट दिया है। लेकिन मेरा एग्जिट पोल कहता है कि चाचा की जमानत तो जब्त होनी तय है।

स्वर्ग सी धरती

कश्मीर की सुरम्य वादी में बसा छोटा सा गाँव.......आज ईद है। बच्चे, बूढ़े, जवान सभी लकदक....नये कपड़ों में। बेहद खुशी का माहौल है। हो भी क्यों न बड़े ही मुरादों के बाद तो आती है ईद। घरों में तरह-तरह के व्यंजन और सेवइयाँ पकायी जा रही हैं। लोग एकदूसरे के घर ईद की मुबारकबाद देनें जा रहे हैं। कुल मिलाकर माहौल एकदम से खुशगवार है। नन्हा साहिल भी नये कपड़ों में खूब सजा-धजा है, बहुत खूबसूरत लग रहा है वो। लेकिन आज फिर वो अपनी अम्मी शकीला से वही पुरानी जिद लेकर अड़ जाता है – ”बताओ न अम्मी हमारे अब्बू क्यों नहीं ईद पर भी हमारे साथ होते हैं, कभी नहीं आते हमारे पास। सबके अब्बू ईद पर बाजार घुमानें ले जाते हैं और एक हमारे अब्बू हमारे साथ रहते ही नहीं।”

शकीला के आँखों के कोनों में नमी तैर आयी। उसनें मन ही मन कुछ निश्चय किया और साहिल का हाथ पकड़कर घर के साथ लगे छोटे से बगीचे के कोनें में लेकर गयी वहाँ पड़े दो बड़े पत्थरों में से एक पर स्वयं बैठ गयी दूसरे पर साहिल को बैठाया–”तू जानना चाहता है न कि तुम्हारे अब्बू ईद पर तुम्हारे पास क्यों नहीं होते”

”हाँ”

”तो सुन ! हमारा कश्मीर हमेंशा से ऐसा नहीं था, जैसा कि आज है। देश की आजादी के साथ कश्मीर बंट गया था और मिट गयी थी कश्मीरियत। हमारे राज्य का कुछ हिस्सा पाकिस्तान के पास और कुछ चीन के कब्जे में चला गया था। भारत सरकार नें कश्मीरियों का दुःख बाँटनें हेतु अनुच्छेद 370 एवं 35 ए के तहत कश्मीरियों को विशेषाधिकार दिये, लेकिन पाकिस्तान की सरकार और वहाँ की खुफिया एजेन्सी नें कश्मीर के कुछ स्वार्थी और अलगाववादियों को प्रलोभन देकर कश्मीर में आतंकवाद शुरु किया और कश्मीर के अमन-चैन को ग्रहण लगा दिया। अनुच्छेद 370 के कारण भारत सरकार की तमाम

कल्याणकारी योजनायें भी अलगाववादियों के विरोध के कारण कश्मीर में संचालित नहीं हो पायीं क्योंकि कश्मीर में कोई भी कानून बिना राज्य सरकार की सहमति से लागू नहीं होता, और सरकारें अलगाववादियों के विरोध के कारण मजबूर हो जाती थीं। फिर 2021 में भारत सरकार नें 370 और 35 ए समाप्त कर कश्मीर को केन्द्र शासित प्रदेश का दर्जा दे दिया। फिर तो पाकिस्तान भड़क गया और जंग का ऐलान कर दिया।"

"तुम्हारे अब्बू फौजी थे, ईद की छुट्टियों में घर आये थे। जंग शुरू हो गयी और उनकी छुट्टियाँ कैंसल हो गयीं। तुम्हारे अब्बू जंग में चले गये। उनकी रेजीमेंट वीरता से जंग लड़ी। हमारी सेना नें पाकिस्तान और चीन के कब्जे वाले कश्मीर को आजाद करा लिया। तुम्हारे अब्बू बहुत बहादुरी से लड़े और मोर्चा फतह किया लेकिन वो जंग में काम आये....हाँ... शहीद हुए थे जनाब अब्दुल मोहम्मद बहादुर बट साहब यानि तुम्हारे अब्बू। तिरंगे में लिपटकर घर आये थे। कश्मीर को आजाद कराकर आये थे। सारा गाँव उनपर फख्र कर रहा था। बाद में उन्हें परमवीर चक्र से नवाजा गया था।"

पूरा वाकया सुनते हुए नन्हा साहिल कभी गमगीन होता तो कभी रोमाँचित। शकीला नें कुछ रुककर फिर बोलना शुरू किया। आज जैसे सबकुछ साहिल को बताकर अपना बोझ हलका करना चाह रही हो-" कश्मीर का एकीकरण कर भारत सरकार नें तमाम कल्याणकारी योजनायें चलायीं जिससे कश्मीरवासियों की गरीबी और बेरोजगारी दूर हुई। सूबे में अमन-चैन बहाल होनें से पर्यटन उद्योग फिर से फलनें फूलनें लगा और कश्मीर फिर से धरती का स्वर्ग बन गया।"

पूरी कहानी सुनते सुनते नन्हा साहिल अपनें पिता के प्रति गर्व से भर उठा फिर माँ बेटे नें एक साथ सैल्यूट की मुद्रा में गर्व से बोला"जय हिन्द !"

अनुरोध कुमार श्रीवास्तव

प्रपंचतंत्र

आज लाकडाउन का चौदहवां दिन है घर में पड़े-पडे बोर हो रहा था कि शाम चार बजे हमारे पडोस के जगमोहन चाचा हमारे घर आ धमके। गेट के खटकनें की आवाज से मैनें ड्राइंगरूम की खिडकी से उचककर झांका तो चाचा सीधे बरामदे में नमूदार थे। न मास्क, न रूमाल। वैसे सच बताऊँ तो चाचा का यूँ धमकना कुछ-कुछ खुशनुमा मगर ज्यादातर नागवार गुजरा। खुशनुमा ऐसे कि चलो कोई तो मिला गप्प लड़ानें की खातिर और नागवार इसलिए कि बुढ्ढा पता नहीं कहाँ-कहाँ से फिरता आ रहा हो। तबतक चाचा की आवाज गूँजी

"अरे बच्चों कहाँ हो रे"

"आया चाचा" कहते मैं मास्क लगाकर और प्लास्टिक की दो कुर्सी लेकर तेजी से बरामदे की ओर इसलिए लपका कि चाचा कहीं ड्राइंगरूम में ही न आ धमकें।

"बैठिये चाचा" दूर से ही कुर्सी रखकर बोला। अपनी कुर्सी चाचा से एक मीटर दूर ही रखी।

"और चाचा क्या हालचाल हैं" मैनें औपचारिकता निभाई

"हालचाल तो ठीक हैं, मगर इतनीं दूर काहें बैठे हो ?"

"वो चाचा सोशल डिस्टेंसिंग"

"सोशल डिस्टेंसिंग......। माई फुट......। सब अंग्रेजों के चोंचले हैं। सोशल डिस्टेंसिंग इतनीं कम थी क्या......पडोसी को पडोसी से मतलब नहीं.......भाई का भाई से वास्ता नहीं....बुजुर्गों से बातचीत को कौन कहे अब तो उन्हें वृद्धाश्रम भेजा जा रहा है।"

"इस तरह के सोशल डिस्टेंसिंग की मैं बात नहीं कर रहा चाचाजी।......वो..कोरोना वाला सोशल डिस्टेंसिंग।"

"कोरोना-फोरोना, सब इसी का नतीजा है। मतलबी दुनिया के मोबाइली लोग। यही

सोचकर डॉक्टर बशीर बद्र साहब नें लिखा होगा"

"कोई हाथ भी न मिलायेगा जो गले मिलोगे तपाक से

ये नये मिज़ाज का शहर है जरा फ़ासले से मिला करो"

"अरे नहीं चाचा ऐसी कोई बात नहीं बीमारी पूरे विश्व में फैल रही है। नया वायरस है न इसलिए दवा नहीं बनी है। बचाव ही इलाज है। अरे छोड़िये क्या लेंगे।"

"खैनी"

"ख...ख...खैनी"

"इतना चौंक क्यो रहे हो?"

"वो क्या है चाचा मैनें चाय-पानी के लिए पूँछा था। आप तो जानते ही हैं मेरे यहाँ कोई खैनी नहीं खाता।"

"अच्छा........"चाचा लम्बी साँस छोडकर बोले।

"वैसे ई लाकडाउन में खैनी, गुटखा बन्द करनें से सरकार को क्या मिल रहा है।" चाचा पूरे उखड़े हुए थे।

"चाचा इससे बीमारी फैलनें की आशंका है।"

"अच्छ हमारे बाप-दादा खाते रहे तब तो कोई बीमारी नहीं फैली। अब बीमारी फैलेगी।"

"वो बात नहीं चाचा, एक तो इससे अनावश्यक लोग इकट्ठा होंगे दूसरे इधर-उधर थूकनें से संक्रमित व्यक्ति द्वारा संक्रमण ज्यादा फैलनें की सम्भावना है।"

"वो तो ठीक है लेकिन बताओ, एक तो दिनभर घर में पड़े रहो। चौक-चौराहे भी जाना मना। चाय की दूकान रेस्त्रा सब बन्द। ऊपर से गुटखा, तम्बाकू भी........।"

मैं चाचा की मनोदशा को समझ रहा था। चाचा दिनभर चाय-पान की दूकान पर घूमने वाले वयक्ति। होंठ हमेशा पान से लाल। जबान अगर हमेशा चलती न रहे तो खाना न हज़म हो। दरअसल चाचा छुटभैये नेता भी थे।

"ये तो ठीक चाचा चलो पुरुषों को आफिस वगैरह से कुछ फुरसत तो है मगर महिलाओं के दिन कैसे कट रहे हैं?" मैनें बात को मोड़नें की गरज से चाचा को छेंड़ा

"महिलाओं का क्या आफत तो तब भी पुरुषों की ही है न। अब आपस का चुँगली पुराण तो बन्द हो गया है लिएदिए पुरुषों के पीछे पड़ी रहती हैं, घर पर ही हो तो कुछ घर के काम में ही मदद करो।"

"हाँ वो तो है चाचाजी मगर शापिंग वगैरह तो बन्द है न थोडी फुर्सत मिली है।"

"अरे फुर्सत क्या ....खुलनें दो लाकडाउन ऐसे टूटेंगी फिर कहना मत। अभी से सीरियल देख-देखकर अंदाजा लगाया जा रहा है कि समर फैशन में क्या चल रहा है।"

"लेकिन चाचाजी कुछ राहत तो है"

"अरे बहुत राहत है, नहीं तो दिनभर एक दूसरे से बातें करें और शाम को इनकी बातें सुनों। खुश हों तो भी और गुस्सा हों तो भी। झेलना तो पड़ता ही है।"

"तो चाचाजी क्या विचार है? बढ़ जाये लाकडाउन?"

"बिलकुल"

"फिर पान-गुटखा?"

"अरे मैनेज कर लेंगे यार।"

अद्भुत संसार

सन् 4871 ईस्वी अद्भुद संसार हमारी दुनिया के मनुष्य के लिए अकल्पनीय,दरअसल मैं टाइममशीन का उपयोग कर सन् 2019 से भविष्य के इस वर्ष में आ गया था। मुझे सब सपना सरीखा लग रहा था। शुरूआत में मैं टाइम मशीन को कोरी गल्प समझ रहा था,मैं मशीन नुमा कुर्सी पर बैठ गया। वह व्यक्ति जो स्वयं को इस मशीन का आविष्कारकर्ता वैज्ञानिक बता रहा था मशीन को आवश्यक दिशानिर्देश देता रहा, अजीब सी आवाजों और रंगबिरंगी जलती बुझती लाइटों के साथ मैं अट्टाहास करता हुआ मशीन एवं आविश्कारकर्ता की खिल्ली उड़ाता जा रहा था। एकाएक मुझे चक्कर सा महसूस हुआ और मैं चेतनाशून्य होता रहा।

मेरी चेतना जब लौटी तो मैंने स्वयं को विचित्र चौराहे पर पाया। पहले मैंने सोचा शायद सपना होगा लेकिन मुझे ऐसा भी महसूस हो रहा था कि मैं चेतना में हूँ। मैंनें स्वयं को चुटकी काटी सचमुच मैं चेतना में था,परन्तु ये जगह कौन सी है और ये अजीब से लोग? यह जगह इस दुनिया की तो नहीं हो सकती। मेरे अन्दर एक सिहरन सी दौड़ गयी, क्या मैं मरकर मृत्यु की बाद की दुनियाँ में तो नहीं पहुँच गया। लेकिन भाषा मेरी भाषा से मिलती-जुलती प्रतीत हो रही थी परन्तु यह मेरी भाषा नहीं थी। सामनें एक अजीब सी बिल्डिंग दिख रही थी,मैंनें उसमें प्रवेश किया। शायद रेस्त्रां होगा। लोग उच्च तकनीकि युक्त कुर्सियों पर बैठे थे। मनुष्य एवं मशीन के बीच की कोई प्रजाति लग रही थी। मुझे रेस्त्रां में घुसते देखकर उनलोगों का भी ध्यान मेरे तरफ आकर्षित हुआ। लोग स्वचालित कुर्सियों सहित मेरे आसपास इकट्ठा होने लगे। मैंनें कुछ डरकर पूँछा मैं कहाँ हूँ ये कौन सी जगह है? वो लोग मेरी भाषा तो नहीं समझ रहे थे पर शायद हावभाव कुछ समझ रहे हों। वो लोग मुझे अजीब सी नजरों से देख रहे थे,मैं उनके लिए अजूबा था। इतनें में एक आदमी अचानक से शायद अफरा-तफरी सुनकर बिल्डिंग के अन्दर से उस विशाल हालनुमा कमरे में पहुँचा। शायद सुरक्षा स्टाफ से था।

उसनें सभी को कुछ निर्देश दिये और तत्काल मुझे एक रोबोटिक यंत्र से एक टनलनुमा यंत्र में डाल दिया। यंत्र में फैली हवा की खूशबू से मैं अर्ध चेतना में पहुँच गया।

पता नहीं कितने समय या दिनों बाद मैं पूर्ण चेतना में वापस आया था। मैंनें अपनें आपको एक पूर्ण सुसज्जित अजीब से कमरे के बेड़ पर पाया। मुझे याद आ रहा था कि अर्ध चेतना की स्थिति में शायद मेरे सपूर्ण शरीर का मेडिकल और खुफिया चेकिंग की गयी थी। शायद उनलोंगों ने मुझे अपने लिए नुकसानदायक या जासूस न पाया हो। इतने में मेरे कमरे का दरवाजा खुला एक व्यक्ति मेरे कमरे में दाखिल हुआ। मैं सहमकर बेड पर बैठ गया लेकिन यह क्या? उसनें इंसान की तरह मुस्कराकर मेरा स्वागत किया, वह कुछ-कुछ मेरे जैसे मिलते-जुलते कपड़ों में था। चेहरे पर एक चश्मा छोड़कर कोई कृत्रिम उपकरण नहीं लगा था। वह मनुष्य ही लग रहा था परन्तु पारदर्शी चश्में के भीतर उसकी गहरी कत्थई आँखें दिखलायी दे रहीं थीं। इस रंग की आँखों वाला मनुष्य मैंनें अपने जीवन में नहीं देखा था। उसने मुझे खाने के लिए बड़े-बडे चार कैप्सूल और काँच की तरह के एक बडे गिलास में पेय पदार्थ पेश किया। मैं किंकत्र्यव्यविमूढ़ सिर्फ उसे निहारता जा रहा था। वह मुझे पकड़कर एक-एक कर कैप्सूल मेरे मुँह में डालता रहा और मैं उस पेय पदार्थ से उसे गटकता रहा। कैप्सूल और पेय मेरे ग्रहण कर लेनें के बाद वह चला गया।अब मुझे अपने अन्दर एक अजब स्फूर्ति और ऊर्जा महसूस हो रही थी,शायद कैप्सूल और पेय मल्टीविटामिन,मल्टीमिनरल और जीवन के लिए आवश्यक पदार्थों से निर्मित थे। अब मुझे निद्रा आ रही थी मैं सो गया।

जब मैं सोकर उठा तो मैं अच्छा महसूस कर रहा था। मैंनें देखा दीवार पर कैलेण्डरनुमा कोई इलेक्ट्रानिक डिवाइस टंगी थी। नजदीक जाकर मैंनें देखा वह कैलेण्डर ही था। उसमें आज के रोमन अंकों में ही दिनाँक प्रदर्शित हो रहा था। मैंनें तारीख देखी 05 जनवरी, 4871। मैं सन्न रह गया मुझे याद आया कैसे मैं टाइम मशीन पर बैठकर मशीन और आविष्कारकर्ता की खिल्ली उड़ा रहा था। कैसे एकाएक मुझे चक्कर सा महसूस हुआ था और मैं चेतना शून्य होता जा रहा था। मैं टाइम मशीन में बैठकर भविष्यकाल में आ गया था।

सच्ची सिपाही

टेलीविजन पर खबरें चलते देखकर भावना अवाक सी रह गयी बीस साल पहले का मंजर एकाएक उसकी आँखों के सामने घूम गया। पति भारतीय सेना में कैप्टन थे छः फुट से ऊपर का शरीर चौडी छाती तलवार के जैसी मूछें और रोबीला चेहरा अपने नाम को साकार कर रहा था। नाम था प्रताप, हाँ वो महाराणा प्रताप के समान ही देशभक्त और वीर था। भावना की शादी हुए अभी छः माह ही हुए थे।

पति पन्द्रह दिन की छुट्टी लेकर घर आये थे। भावना की कोख में प्रताप का अंश अंकुरित हो चुका था। पति को घर आये अभी चार दिन ही हुए थे कि कारगिल की जंग छिड़ गयी और सैनिकों की छुट्टियाँ निरस्त घोषित कर दी गयीं। प्रताप की तैनाती कश्मीर में ही थी। तत्काल वो जंग के लिए रवाना हो गया। भावना का मन बहुत घबराया था मन कर रहा था कि पति को न जाने दे रोक ले लेकिन जानती थी कि जाना जरूरी है। प्रताप वादा करके गया था कि मैं वापस जरूर आऊँगा।

कारगिल की चोटियों पर प्रताप की रेजीमेंट बहुत ही बहादुरी से लड़ी और मोर्चे को फतह किया। प्रताप अदम्य साहस का परिचय देते हुए आगे बढ़कर दुश्मन सेना का सफाया कर रहा कि साथी सिपाही ग्रेनेड हमले में घायल हो गया प्रताप उसको सहारा देने लगे। साथी सिपाही ने कहा कि मेरी चिन्ता छोड़कर मोर्चा सम्हालो परन्तु प्रताप अपनी टुकडी के हर सिपाही को दिलोजान से चाहता था। इतने में एक ग्रेनेड प्रताप को भी लगा चढ़ाई वाले रास्ते से पहाड़ों की अतल गहराइयों में समाहित होने से पहले प्रताप ने ग्रेनेड फेकने वाले दुश्मन को ढेर कर दिया था लेकिन प्रताप भी शहीद हो चुका था। उसकी बॉडी भी घाटियों से नहीं निकाली जा सकी थी। घर पर उसका सामान और सेना की चिट्ठी ही लेकर सैनिक आये थे और उसे भावना के सुपुर्द किया था।

प्रताप नें भावना से वापस आने का किया वादा नहीं निभाया था बल्कि भारत माँ से किया

वादा निभाया था। बाद में कारगिल विजय के उपलक्ष्य में प्रताप को मरणोपरान्त परमवीर चक्र से सम्मानित किया गया था। प्रताप की तरफ से यह सम्मान भावना नें ग्रहण किया था।

भावना अब एक सुन्दर सी बच्ची की माँ बन चुकी थी लोग कहते थे कि बच्ची बिलकुल अपने पिता पर गयी है। भावना नें बच्ची का नाम स्वाती रखा था बच्ची के जन्म से सास ससुर बहुत खुश नहीं थे, मलाल था कि वंश आगे कैसे बढ़ेगा। भावना नें ही समझाया कि आज के जमानें में बेटियाँ बेटों से कम नहीं। सास ससुर बूढ़े भी हो रहे थे एवं अपने इकलौते पुत्र के वियोग में दिन प्रतिदिन ढलते ही जा रहे थे।

भावना के ऊपर बच्ची की परवरिश के साथ-साथ सास ससुर की भी जिम्मेदारी थी। वो एकाएक नवयौवना से प्रौढ़ा बन चुकी थी। बच्ची धीरे-धीरे बड़ी हो रही थी वह वाकई अपने पिता पर गयी थी। उसका सपना था वह बड़ी होकर पिता के समान सैनिक बने। भावना कष्ट सहकर भी बेटी का लालन पालन बडे ही ढंग से कर रही थी उसनें मन ही मन निश्चय किया था बेटी को बहादुर सैनिक बनायेगी।

वह दिन भी आ गया स्वाती नें वायुसेना ज्वाइन किया था वो पायलट बनी थी। इतनी कम उम्र में युद्धक जेट ऐसे कौशल से उड़ाती थी कि बड़े से बड़ा अधिकारी हैरान रह जाता था। भारत नें पुलवामा हमले के जबाब में एयर स्ट्राइक की थी पाकिस्तान बौखलाया हुआ था। एक दिन सीमा पर पाकिस्तानी युद्धक विमान मडराने लगे विंग कमाण्डर स्वाती को भी अपनी स्क्वाड्रन के साथ विमानों को रोकने की जिम्मेदारी दी गयी।

स्वाती पाकिस्तानी विमानों को खदेड़ती बहुत दूर निकल गयी और कब पाकिस्तान की सीमा में दाखिल हो गयी पता ही न चला। उसने पाकिस्तान के विमान को सूट कर दिया लेकिन यह क्या उसका विमान भी क्रैस हो चुका था। उसने इजेक्ट किया और पैराशूट के सहारे नीचे उतरी लेकिन वह पाकिस्तान की सीमा में पाकिस्तानी सैनिकों की गिरफ्त में थी। मीडिया द्वारा टेलीविजन चैनलों पर यह खबर प्रसारित हो रही थी।

भावना के मन में विचार आ रहे थे जा रहे थे। क्या होगा मेरी बेटी के साथ भावना संझा शून्य सी होती जा रही थी। स्वाती का हाल सरबजीत जैसा होगा या जाधव जैसा। भारत

सरकार लगातार अन्तरराष्ट्रीय दबाव बना रही थी जेनेवा समझौते के तहत अपनें जाँबाज पायलट को वापस लाने हेतु। आखिरकार भारत सरकार का प्रयास रंग लाया और सात दिनों बाद स्वाती भारत वापस आ सकी। स्वाती राष्ट्रीय हीरो बन चुकी थी उसनें स्वयं को बेटों से बढ़कर साबित किया था। उसने भारत माँ के साथ-साथ अपनी माँ से किया वादा भी निभाया था।

नो वूमेंसलैंड

वह अक्टूबर महीने का दूसरा सप्ताह था। बरसात समाप्ति की ओर और सर्दी आगमन को बेचैन थी। उस शाम बारिश हुई थी। आसमान में कुछ बादल आवारागर्दी भी कर रहे थे। ढलान के उस रास्ते के किनारे खड़े पीपल, नीम, अमलतास और कुछ जंगली प्रजातियों के पौधे अपनी ताजा धुली साफ पत्तियों और बहती हवा के साथ पुरसुकून महसूस हो रहे थे।

मैं अपनी ही धुन में चलता चला जा रहा था। अचानक बगल की झाड़ में सरसराहट की आवाज सुनकर ठिठक गया। उत्सुकतावश आगे बढ़कर गाड़ियों में झाकने लगा, दृश्य देखकर मैं हतप्रभ रह गया। एक नवजात कन्या शिशु कपड़ों में लिपटी पड़ी थी और एक कुतिया उसे स्तनपान करा रही थी।

मैं हतप्रभ रह गया। मन में विचारों की झडी लग गयी। क्या लड़कियाँ इतनी अस्वीकार्य/ बोझ हैं? क्या वह बच्चा समाज की नजर में अनैतिक सम्बन्धों का परिणाम है? समाज के मापदण्डों और कुप्रवित्तियों का दण्ड़ कोई मासूम कयूं भोगे? समाज जा कहाँ रहा है? क्या मानव की संवेदना का स्तर पशुओं से भी निम्न हो चुका है? ईश्वरीय शक्ति से नियंत्रित जगत की सत्ता में किसी नवजात का इतना खराब प्रारब्ध।

मेरी जड़वत स्थिति को भंग किया शोरगुल नें। आसपास लगी भीड़ में से पड़ोस की एक निःसंतान अधेड़ स्त्री बच्ची को गोद में उठाये चिल्ला रही थी" इसे मैं पालूंगी"

रावण दहन

हमारे शहर के दक्षिण दिशा में ऊँची-नीची पहाडी जैसी भूमि है। पहाड तो नही हाँ भूमि पथरीली और ऊँची-नीची होनें के कारण पहाडी का अहसास जरूरी करवाती है। उसी पथरीली भूमि के एक ओर नाला और दूसरी ओर रेलवे लाइन है, और इन्हीं के बीच एक समतल और बड़ा सा मैदान है, जो कि हरी घास से ढंका हुआ है। आमदिनों में आम शहरी उधर जाता आता नहीं है, मगर दशहरे के दिन उस मैदान पर बहुत बड़ा और भव्य मेला लगता है और पूरा शहर उस मैदान में ऐसे उमड़ता है गोया यहीं का मूलनिवासी है।

वैसे तो मैं मेले-ठेले से अमूमन दूर ही रहता हूँ मगर इस बार कोतूहलवश मैं भी दशहरे का मेला देखनें पहुँचा था। कार्यक्रम हो रहे थे। चारों तरफ चाइनीज झालरों की रंगीनियाँ थीं। दुकानें सजी हुई थीं। कुल मिलाकर माहौल भव्य और उत्साहमय था। अभी पुतलादहन कार्यक्रम में देर था मैंने सोचा चलो थोड़ा घूम लेते हैं। मेले में जगह-जगह चाट और पकौड़ों के स्टाल लगे थे जहाँ से उपयोग के बाद प्लास्टिक के पत्तल इधर-उधर बिखर रहे थे।

इन्हीं के साथ प्लास्टिक एवं थर्माकोल के गिलास भी बिखर रहे थे। कुल मिलाकर खान-पान की सभी दुकानें प्लास्टिक रूपी रावण को शक्तिशाली बना रही थीं। मुझे याद आ रहा था अपना बचपन जब ये चीजें पत्तों से बने दोनों और मिट्टी के कुल्हड़ में परोसी जाती थीं। जो अतिशीघ्र विघटित होकर मिट्टी में मिल जाती थीं।

इतनें में एकाएक एक ओर शोर बढ़ा। उधर देखनें पर पता चला भगवान राम एक बडे.से यांत्रिक रथ पर सवार होकर रावण का संहार करने वाले हैं। मैनें अपना ध्यान उधर ही केन्द्रित किया। रावण अपनें दशों शिरों से युक्त विशालकाय शरीर लिए दृष्टिगोचर हो रहा था। सम्भवतः उस पुतले के निर्माण में बाँस की पच्चियों के साथ भारी मात्रा में थर्माकोल, प्लास्टिक मैटीरियल और बारूद का प्रयोग हुआ था।

मै पुनः विचारमग्न हो गया कि इस पुतले के दहन के साथ रावण पराजित होगा या

शक्तिशाली। क्या उस पुतले में समाहित प्लास्टिक और बारूद जल, भूमि और वायु के प्रदूषण को बढ़ानें में सहयोगी नही होंगे। क्या हम अपनें दैनिक जीवन से प्रदूषण रूपी रावण को शक्तिशाली नहीं बना रहे हैं। तभी भगवान राम नें शर का संधान किया जो संभवतः रावण के नाभि में लगा और धूम-धड़ाम के साथ रावण की प्रतिमा धू-धू जलनें लगी और वातावरण में एक अलौकिक छटा बिखर गयी।

मिट्टी की मोहरें

कहानी बीसवीं सदी की है, उत्तर प्रदेश के काशीपुर गाँव में एक ठाकुर साहब रहा करते थे। उसी गाँव में मिट्टी का बरतन बनाने वाला रतन नाम का एक कुम्हार रहा करता था। दोनों में बहुत दोस्ती थी लोग उनकी दोस्ती की मिशाल दिया करते थे।

एक दिन ठाकुर साहब एवं रतन कुम्हार में किसी बात को लेकर शर्त लगी कि कौन ज्यादा शातिर है? कुछ दिन बीत गये शर्त की बात रतन भूल गया। एक दिन शाम के समय ठाकुर साहब रतन के घर पहुँचे, रतन ने पानी पिलाने के बाद हाल-चाल पूँछा। ठाकुर साहब बोले यार रतन मेरे लिए मिट्टी का पाँच सौ रूपये का एक सिक्का बनाकर और भट्टी में पकाकर तैयार करके दे दो।"बाबू साहब मिट्टी का सिक्का क्या करेंगे"रतन ने विस्मय मिश्रित मुस्कान के साथ पूँछा।"एक तांत्रिक संस्कार के लिए जरूरत है" ठाकुर साहब ने रहस्यपूर्ण स्वर में धीमे से रतन के कान में कहा। भोला रतन सिक्का बनाने के लिए तैयार हो गया।

दिन बीतते गये एक सप्ताह बाद ठाकुर साहब रतन के पास सिक्का माँगने पहुँचे। रतन ने बताया कि अभी भट्टी में नहीं डाला है, शीघ्र बनाकर दे देंगे। अब तो रोज का नियम बन गया ठाकुर रोज रतन के पास जाते और रतन से पाँच सौ रूपये माँगते, रास्ते में कोई पूछता तो बताते रतन से अपने पाँच सौ रूपये लेने जा रहा हूँ। सारे गाँव में चर्चा हो गयी कि रतन ने ठाकुर से पाँच सौ रूपये ले रखे हैं। रतन इससे अनभिज्ञ था।

आखिर वो दिन आ ही गया जब रतन ने दूसरे दिन रूपये ले जाने को कहा। ठाकुर साहब निर्धारित समय पर रूपये लेने पहुँचे, रास्ते में मिलने वाले दो-तीन और लोगों को भी साथ ले लिया। रतन ने ठाकुर साहब को मिट्टी का सिक्का पकड़ाया तो ठाकुर बिफर पड़े"बेवकूफ समझा है? मिट्टी का रुपया लेकर क्या करूँगा? मेरे पाँच सौ रूपये वापस करो।" रतन ने याद दिलाया"आपने ही तो कहा था।""बेवकूफ मत बनाओ। अरे भाइयों देखो रतन मुझे कैसे बेवकूफ बना रहा है।" ठाकुर ने साथ गये लोगों की ओर देखकर

कहा।सभी की राय थी कि रतन को ठाकुर के पाँच सौ रूपये लौटाने चाहिए।

रतन नें बडी दलीलें दीं मगर किसी नें उसकी बात का विस्वास न किया। सब कहनें लगे रतन या तो बावला हो गया है या सबको बेवकूफ बनाना चाहता है। अन्त में थक हार कर रतन नें ठाकुर को पाँच सौ का नोट दिया। ठाकुर नें रूपया ले लिया और रतन की ओर देखकर आँख दबा दी।

वो लड़की

आज सुबह-सुबह जैसे ही नहा धोकर तैयार होकर निकला कि पड़ोस की दस-बारह बर्षीय बच्ची नें अपनें घर की बालकनी से अभिवादन किया

"गुड़ मार्निंग अंकल"

मैं प्रत्युत्तर देकर आगे बढना चाहा तभी उसनें प्रश्न किया

"सुबह-सुबस कहाँ चल दिये अंकल"

"बस यों ही थोड़ा घूमनें"

"आपको पता नहीं आज जनता कर्फ्यू है"

"अरे बेटा मैं थोड़ा घूम लूँगा तो क्या आफत आ जाएगी"

"यही तो बुराई है अंकल हमारे समाज में, लोग सोचते हैं एक मेरे ऐसा करनें से क्या फर्क पड़ेगा, लेकिन पड़ता है।.........

आप जाएँगे लोगों से मिलेंगे फिर वे अपने घर परिवार के लोगों के सम्पर्क में जाएँगे, ऐसे में उनमें से कोई यदि कोरोना पाजिटिव निकला तो........सोचिये आप कितनें लोगों में ये बीमारी बाँटेंगे, और एक दूसरे से फैलते हुए वायरस कितना विकराल संक्रामक रुख अख्तियार करेगा आपको पता है। मैं कहती हूँ कहीं नहीं जाना आपको।

"लेकिन बेटा एक दिन के ऐसा करनें से क्या होगा आखिर कल से हमलोग अपनें-अपनें काम पर तो जाएँगे ही"

"यह वायरस एक से दूसरे व्यक्ति में सम्पर्क से ही फैलता है। कल रात आप घर पर थे आज दिन भर और रात भर यदि कहीं नहीं जाएँगे तो चौंतीस से छत्तीस घन्टे हो गये, ऐसे सभी लोग करें तो इतना देर नये इंसानी शरीर से सम्पर्क न होनें से वायरस जहाँ है वहीं रह जाएगा और उसके संक्रमण की श्रृंखला टूट जाएगी। और हमारा परिवेश वायरस मुक्त हो जाएगा।"

मैं उस बच्ची के तर्क और अपनी गैरजिम्मेदाराना बोध से झेंप सा गया और मन मारकर वापस घर में चला गया। शाम को 5 बजते ही चारो तरफ से शंख, थाली, घंटी की ध्वनि सुनायी पड़नें लगी।

लोगों की जागरूकता देखकर मुझे सुबह की घटना याद हो आयी कि मैं कितना गैर जिम्मेदारी भरा काम करनें जा रहा था और वो अच्छी लड़की थी।

नियति

आज रचना आंटी अपने फ्लैट में मृत पायीं गयीं। लाश से बदबू आ रही थी। दूधवाला तीन दिनों के लिए बाहर गया था कल जब दूध देनें के लिए आया तो लगातार बेल बजानें के बाद भी जब दरवाजा नहीं खुला तो थकहार कर वापस चला गया। आज सुबह फिर जब लगातार बेल बजानें दरवाजा पीटनें पर दरवाजा नहीं खुला तो किसी अनहोनी की आशंका से पड़ोसियों और पास की चौकी पर सूचित किया। पुलिस खिडकी तोड़कर जब भीतर घुसी तो आंटी अपनें बेड पर मृत पायी गयीं। तीन वर्ष पहले पति के मृत्यु के बाद अकेली रहती थीं। बेटा, बहू और बेटी, दामाद चारो अमेरिका में इंजीनियर थे। ऐसा भी नहीं था कि बेटा-बहू या बेटी उन्हें अपनें पास नहीं रखना चाहते थे। पिता के मरनें के बाद उन्होंने बहुत जिद किया था माँ को साथ ले जानें के लिए लेकिन पता नहीं क्यूँ वही नही गयी।

रचना आंटी शुरू से ही काफी नियम संयम और सख्त मिजाज महिला थीं। हर चीज प्री प्लान्ड और संतुलित। ऐसा भी नहीं कि व्यवहारिक न हों, सामाजिक कार्यों में बढकर हिस्सा लेतीं लेकिन समय की बहुत पाबंद। पति उच्चपदस्थ सरकारी मुलाजिम, बच्चों कों हमेशा गुणवत्तापरक शिक्षा दिलाती हुई। श्रेष्ठता में यकीन रखनें वाली महिला। बचपन से ही बच्चों को स्वयं से दूर हास्टल में रखा सिर्फ और सिर्फ अच्छी शिक्षा हेतु। बच्चे भी होनहार आई. आई.टी.मुम्बई से दोनों बच्चों नें इन्जीनियरिंग की डिग्री ली और कैम्पस से ही सलेक्ट होकर अमेरिका जॉब के लिए चले गये। अच्छा-खाशा पैकेज। फिर आंटी ने दोनों की ही शादी इन्जीनियरों से की। सबकुछ आंटी के मनमुताबिक ही रहा लेकिन.........।आखिरी समय में कोई साथ नहीं। शायद कुछ कहना चाहा हो अन्तिम क्षण में.....। दोष भी किसी का नहीं। शायद यही नियति थी.....

पुराना मित्र

आज एकाएक पेट्रोल पम्प पर उनसे मुलाकात हो गयी लगभग पच्चीस छब्बीस वर्ष बाद। हमारे मित्र एवं सहपाठी थे, आवाज से उन्होनें मुझे पहचाना। गाँव के बगल से ही हैं, रास्ते में आते जाते दो एक बार बीच में मुलाकात हुई थी लेकिन बातचीत का मौका ना लगा था। उन्होंनें बताया कभी इसी शहर, कभी गाँव रहते हैं। फोन नम्बर का आदान प्रदान हुआ।

एक दिन उन्होंने फोन किया "श्रीवास्तव जी कहाँ हैं" मैनें बताया आफिस में हूँ। उन्होनें बताया कि शहर गाडी सर्विस करानें आये थे पन्द्रह सौ रूपये घट गये हैं दे दो। मेरा आफिस वहाँ से तीस किलोमीटर दूर था। मैनें बताया कम से कम दो घण्टा लगेंगे, उन्होंने कहा कि इन्तजार कर लेंगे।

दो घण्टे में उन्होनें चार बार फोन किया। मैं पहुँचते ही उन्हें पैसा दिया फिर घर पहुँचा। इसबात को कई महीनें बीत गये मैं भूल चुका था। एकदिन सायं मुझे याद आया दरअसल मेरे पास पैसा नहीं था। फोन किया उन्होनें बताया लखनऊ हैं लौटेंगे तो दे देंगे। फिर मैं सप्ताह – पन्द्रह दिन के अन्तराल पर कई बार फोन किया हरबार नया बहाना "बच्चा बीमार है""पत्नी बीमार है"। बाद में पता चला वो ऐसे ही परिचितों को बेवकूफ बनाता है।

फिर एक शाम मुझे बडा गुस्सा आया मैनें फोन किया "यार जब पैसे नहीं देने हैं तो बहाने मत बनाओ। मुझे इस बात का दुःख है कि कोई जरुरतमंद कभी पैसा माँगेगा तो मैं भरोसा कैसे करूँगा कि वह मुझे मूर्ख नहीं बना रहा।"

अब न सहूँगी

"नहीं सहूँगी अब, बहुत सहा" कहकर मुनिया ने बाँस का डण्डा पकड लिया "पानी अब गर्दन से ऊपर होकर नाक में घुसने लगा है । अब तक मेरी बात थी चुप रही, अपनी बेटी को नहीं सहने दूँगी" वह गुर्राई । मुनिया का बाल विवाह हुआ था । तेरह वर्ष की उम्र में व्याह कर ससुराल आयी थी । शादी की रात ही उसे महसूस हो गया था कि पति मन्दबुद्धि है । लेकिन उसनें इसे अपना भाग्य मानकर स्वीकार कर लिया था । उसके जमाने में यही सिखाया गया था । महिला को घर का काम करना है और उसे खाने पीने की कमी न हो बस, महिला को एक धोती और दो रोटी अगर मिलती रहे तो समझो सुखी है ।

शुरूआत में उसे दहेज के लिए प्रताडित किया जाता था "दरिद्र घर की बेटियों के यही हाल होते हैं बाप नें दहेज में तो कुछ दिया नहीं और नखरे राजरानी जैसे" इन शब्दों में सास हमेशा ताना बोली सुनाया करती थी । मुनिया नें कभी प्रतिकार नहीं किया । हालाँकि ससुराल पक्ष भी कोई धनी न था । अब मुनिया गर्भवती थी सूखकर काँटा हो चुकी थी खाने पीने का कोई विषेश इन्तजाम तो था नहीं और घर के काम में कोई ढील न थी । समय पूरा होने पर उसने एक बच्ची को जन्म दिया । मरते मरते बची थी मुनिया बच्ची भी बहुत कमजोर । उस दिन घर में चूल्हा भी नहीं जला, सास नें ताना मारा था "लो रही सही कसर भी पूरी हो गयी बेटी जना है महारानी जी नें" । मुनिया मन ही मन सोचती इसमें मेरा क्या कसूर ?

अब तो बात बेबात सास-ससुर और कभी-कभी उन्ही की बातों में आकर पति भी बाँस के डण्डे से मुनिया को मारने भी लगे थे, वह कभी-कभी सोचती भगवान नें अगर बेटा दे दिया होता तो शायद कुछ मान बढ गया होता ।

अब बेटी छः साल की हो चुकी थी मुनिया को कोई दूसरी सन्तान न हुई । आज बेटी पडोस के बच्चों के साथ स्कूल चली गयी थी । मुनिया नें घास का गट्ठर पटका तो देखा सास उसके बेटी की पिटाई कर रही थी "माँ ने तो बेटा जना नहीं और महारानी जी पढने जायेंगी, घर

का चौका बरतन कौन करेगा।" मुनिया के डण्डा पकड लेने से कोहराम मच गया"जुबान लडाती है" मुनिया को बाँटकर अलग कर दिया गया। पति अल्पबुद्धि,मुनिया को घर के काम के साथ-साथ घर चलाने हेतु दिहाडी पर भी जाना पडता। वहाँ लोगों की कुत्सित निगाहों का सामना करना पड़ता, गरीब की लुगाई सबकी भौजाई जो ठहरी। एककाम किया उसनें बेटी का दाखिला स्कूल में करा दिया। धीरे-धीरे गृहस्थी चल निकली थी लेकिन नियति को यह भी मन्जूर नहीं था। पति काम से लौट रहा था एक्सीडेंट में मारा गया, बहुत रोई मुनिया। जवानी(जो बुढ़ापे जैसी लग रही थी) में ही विधवा हो चली थी। पति को मुखाग्नि मुनिया नें ही दिया, घर वाले कन्धा देने को भी न तैयार थे।

मुनिया अब रोज काम पर जाती और बेटी को पढ़ाती रही

गाँव वाले भी मुनिया को समझाते"कौन सा बेटी को कलक्टर बनना है,क्यों पैसा बर्बाद करती हो,अरे पढ़ाई के चक्कर में घर गृहस्थी का काम भी न सीख पायेगी,फिर इसके लायक वर ढूढने में भी तुझे परेशानी होगी" मुनिया कोई प्रतिकार न करती। समय पंख लगाकर उड़ता रहा, बेटी पढ़ने में अव्वल निकली। आज बेटी का चयन बाल बिकास परियोजना अधिकारी के पद पर हुआ है। बेटी मिठाई लेकर आयी है मुनिया रो रही है उन प्रताडना भरे दिनों को याद करके।

जगमोहन चाचा की बतकही

मुहल्ले के चाचाजी जिनका नाम जगमोहन है और जो की बहुत ही बातूनी और हर चीज में नुक्स निकालने वाले हैं आज मतगणना की पूर्व संध्या पर शाम छः बजे ही मेरे घर आ धमके। चाचा की रूचि राजनीति में थोड़ी ज्यादा है। आज थोड़े उखड़े-उखड़े से नजर आ रहे थे। पहुँचते ही मैनें प्रणाम कर कुशलछेम पूँछा

"अरे चाचा सब कुशल तो है"

"खाक कुशल है"

"क्यों क्या हुआ?"

"होना क्या है? कल मतगणना है"

"तो"

"बड़ा शोर है चारों ओर ई.वी.एम.-ई.वी.एम. खेला जा रहा है"

"कैसा ई.वी.एम. मैं कुछ समझा नहीं"

"अरे भाई कोई कहता है ई.वी.एम. हैक है, अभी कल कोई कह रहा था कहीं ई.वी.एम. बदली जा रही है"

"तो"

"तो क्या? मतलब हद है भाई, और तो और सुना है कोई नेता प्रदर्शन के बहाने कहीं से ई.वी.एम. माँग लाया था और बाकायदा तांत्रिक से उसकी पूजा करवाके तब अपना प्रचार अभियान आरम्भ किया।"

"तो क्या हुआ? किसी कार्य के शुभारम्भ की पूजा तो सभी करते हैं"मैनें चुटकी ली

"भला ई.वी.एम. भी पूजा करने वाली चीज है? जड़ चीज। मानव निर्मित और मानव के निर्देश से चलनें वाली मशीन" चाचा थोड़ा उखड़ते हुए बोले

मैनें भी चाचा को थोड़ा छेंडा"चाचा मूर्ति भी तो मानव निर्मित होती है उसे भी हमसब

पूजते हैं।"

"अरे मूर्ति की बात दूसरी है, मूर्ति को हम ध्यान एकाग्र करने हेतु पूजते हैं ताकि वास्तविक ईश्वर के प्रति ध्यान एकाग्र हो। मूर्ति ईश्वर का प्रतीक है, और फिर मूर्ति में विधिवत प्राणप्रतिष्ठा भी होती है"

"वो भी तो मनुष्य ही करवाता है न" मैं भी आज जगमोहन चाचा से तर्क करने के पूरे मूड़ में था

"अरे यार तुम्हे कौन समझाये.....ईश्वर ने हमें बनाया अगर मूर्ति बनाकर थोड़ी पूजा की तो बुरा क्या....अच्छा ये बताओ सरकार किसकी बन रही है?"

"चाचा मैं सरकारी कर्मचारी आचारसंहिता के डर से इस विषय में कुछ बोल नहीं सकते"

"सुना है एक-एक, दो-दो सीटों के जीतनें की सम्भावना वाले दल भी सरकार बनानें और प्रधानमंत्री,मंत्री बनने की दौड़ में शामिल हो रहे हैं" चाचा थोडा मुस्कराते हुए बोले

मैनें सोचा चलो चाचा थोड़ा मुस्कराये तो

"सुना है कुछ जगह से मशीनें भी बदलनें के चर्चे हैं" चाचा फिर से मुद्दे पर आ गये"और सुनों मजेदार बात सत्ता में रहो तो चिल्लाओ ई.वी.एम. शुचितापूर्ण है विपक्ष में रहो तो चिल्लाओ ई.वी.एम. बेइमान

वो लम्हे

कुरूक्षेत्र में महाभारत का युद्ध चल रहा है चारो तरफ चीत्कार है खून की नदी में तैरती लाशें ऐसी लगती हैं मानो कोई विकराल नदी अपने उद्दाम वेग में समूची मानवता को बहा ले जाना चाहती हो। शूरवीर तो युद्ध में अपना कौशल दिखाकर वीरगति प्राप्त करते हुए स्वर्ग में अपना स्थान आरक्षित करा ले रहे हैं, मगर वो महिलाएँ कहाँ जायें जिनका सुहाग उजड़ जा रहा है या जिनकी कोख सूनी हो जा रही है। ऐसी ही एक दुखियारी है कुन्ती जिसके छः – छः महारथी पुत्र ऐसे हैं जिनमें से प्रत्येक इस युद्ध को अकेले जीतनें की क्षमता रखता है। लेकिन माता का दुख अलग है, उसका सबसे बड़ा पुत्र अधर्म के पक्ष में उसके अन्य पुत्रों के विपक्ष खड़ा है। माँ उसके लिए चिन्तित है। अर्ध रात्रि को वह कर्ण के शिविर में कर्ण से मिलनें पहुँचती है

प्रहरी" महाराज की जय हो। महाराज पाण्डव पक्ष की राजमाता कुन्ती आपसे मिलनें की आज्ञा चाहती हैं।"

"कौन ...? राजमाता कुन्ती ...? इस समय क्या काम होगा?" बुदबुदाते हुए स्वयं कर्ण द्वार पर पहुँचते हैं।

"राजमाता को प्रणाम"

"प्रणाम वत्स ! तुम मुझे माता भी कह सकते हो।"

"नहीं मेरी माता बस राधा है"

"जानती हूँ पुत्र। लेकिन मैं तुम्हारी सगी माँ हूँ।"

"मैं भी जानता हूँ राजमाता। मगर अब इन बातों का कोई मोल नहीं।"

"ऐसा मत कहो पुत्र। युद्ध तो तुम पुरुष लड़ते है परिणाम हम महिलाओं को भुगतना पड़ता है।"

"कहिए राजमाता इस दास के लिए क्या आदेश है?"

"आदेश नहीं पुत्र याचना"

"कहें राजमाता"

"पुत्र यह युद्ध रुकवा दो। इसमें बस अपनों का ही सर्वनाश हो रहा है। तुम दुर्योधन के मित्र हो वह तुम्हारी बात मानेगा"

"यह सम्भव नहीं राजमाता"

"तो तुम पाण्डवों से मिल जाओ। मैं युधिष्ठिर को बताऊँगी कि तुम उसके बड़े भाई हो और वह तुम्हे राजा घोषित करेगा। सम्भव है दुर्योधन तुमसे युद्ध न करे।"

"ये सर्वश्रेष्ठ धनुर्धर की माँ बोल रही है, ये कुरुकुल की कुलवधू बोल रही है? क्या आपनें कर्ण को इतना स्वार्थी जाना है कि वह अपनी जन्मदात्री को लज्जित होनें देगा। नहीं कर्ण मृत्यु को प्राप्त हो जाएगा मगर अपनी जीवनदायिनी को लज्जित नहीं होने देगा।"

"मेरी बात मान जा पुत्र"

"आपकी बात मान जानें से क्या मेरे वो लम्हे लौट आयेंगे जब मुझे सूतपुत्र कहकर मेरी वीरता सिद्ध करनें से रोका गया। मेरे वो लम्हे लौट आयेंगे जब स्वयंबर में द्रौपदी नें सूतपुत्र कह धनुष उठानें से रोक दिया ......नहीं।"

"अच्छा एकबार मुझे माँ सम्बोधित कर दे पुत्र"

"माँ !" कहकर कर्ण कुन्ती के सीनें से लग गया" जाओ माँ मैनें अर्जुन को अभयदान दिया"

मुट्ठी भर धूप

समर्थ एक दम से किंकर्तव्यविमूढ़ था। उसे आगे पीछे कुछ सूझ नहीं रहा था। ऐसा लग रहा था कि वो या तो पागल हो जाएगा या फिर उसका सिर दस टुकड़ों में टूटकर बिखर जाएगा। हो भी क्यों न आखिर उसनें जिसे टूटकर चाहा था जिसके साथ जीनें मरनें का सपना देखा था, जिन झील सी नीली आखों में उसनें अपनें जिन्दगी के नूरानी सपनें देखे थे कहाँ पता था कि आज वही कोहिनूरी आखें बेनूर निकलेंगी।

दरअसल समर्थ शगुन नाम की लड़की से बेपनाह मुह्व्वत करनें लगा था। लड़की क्या पूरी अप्सरा थी। उसके अंग प्रत्यंग की बनावट और उसके कर्व्स, रंग ऐसी जैसी दूध में थोड़ा केशर पड़ा हो। और आखें......नीली आँखें बस एक झलक में किसी को दीवाना बना दें। आते जाते मुलाकात हुई बस दिल हार बैठा। किसी तरह शगुन का मोबाइल नम्बर मिला। शुरुआत में तो शगुन फोन ही काट देती थी लेकिन धीरे-धीरे शगुन की दिलचस्पी भी समर्थ में हो गयी। शगुन की आवाज में भी ऐसा जादू था कि जो सुनें दीवाना हो जाये। लगभग साल भर तक फोन से ही बातें होते रहनें और दोनों तरफ से सच्चा प्यार हो जानें के बाद आज समर्थ नें शगुन को पास के पार्क में मिलनें को बुलाया था। मिलनें क्या हीरे की अंगूठी लेकर शादी के लिए प्रपोज करनें को बुलाया था। बातों ही बातों में शगुन नें बताया कि वो जन्मांध है। उसकी सुन्दर आँखें बस दिखावा मात्र हैं।

"क्या हुआ समर्थ"

"क्या बताऊँ में तो लुट गया। जिन आँखों के सहारे मैनें सारे सपनें देखे थे मुझे क्या पता वो बेनूर हैं।"

"यही दंभ भरते थे अपनें प्यार का। यही तुम्हारा प्यार है। तुम सारे पुरुष एक जैसे होते हो। पुरुष बस तन छूना चाहता है मन नहीं। मुझे देखो मैनें तो तुम्हे बिना देखे प्यार किया। पता नहीं कैसे लगते होगे। क्या अच्छाइयाँ क्या कमियाँ होंगी तुम्हारे शरीर में। लेकिन मेरा

प्यार सच्चा है। प्यार का मतलब पाना नहीं समर्पण होता है। निस्वार्थ समर्पण। समझे। अरे तुम प्यार क्या जानों। जाओ मैं आजाद करती हूँ तुम्हें अपने प्यार के बंधन से। कोई अच्छी सी लड़की देखकर घर बसा लो।"

"नहीं शगुन तुमनें तो मेरी आँखें खोल दीं। विल यू मैरी मी?" कहते हुए समर्थ नें शगुन के पैर पकड़ लिए।

"अरे क्या करते हो? यस! आई विल मैरी यू" शगुन समर्थ के सीने से चिपक गयी, उसकी आँखों से झर-झर आँसू बह रहे थे।

बोनसाई

आज रचना को नींद नहीं आ रही मन बहुत ही बेचैन है हो भी क्यों न उसके बच्चे उससे इतनी दूर जो हैं। रचना के दोनों बेटे और बहुएं सात समन्दर पार अमेरिका जो रहते हैं। आखिर उसने अपने बडे बेटे श्लोक को फोन मिलाया...

"हेलो...गुड मॉर्निंग मॉम"

"बेटा मॉर्निंग कहाँ ......यहाँ तो रात है"

"ओह ! आई एम सो सॉरी मम्मी। और बताओ तबीयत कैसी है ?"

"मैं ठीक हूँ बेटा"

"नहीं मम्मी आपकी तबीयत ठीक नहीं लगती। समय से खाना, दवा ले लिया करो। मेड तो आती है न ?"

"बेटा मुझे खाना और दवा की परेशानी नहीं"

"फिर...?"

"बेटा मुझे अकेलापन खाये जा रहा है। जबसे तुम्हारे पापा गये तब से तो और"

"कितनी बार कहा कि तुम मेरे साथ चलो लेकिन तुम तो मानती ही नहीं"

"बेटा मुझे न ले चलो तुम लोग मेरे पास रहनें चले आओ। बहुत पैसे कमा लिए। अब अपने देश में ही जॉब करो तो..."

"माँ फिर वही पुराना राग छेड़ दिया आपनें। आप समझती क्यूँ नहीं। मेरा और मेरे बच्चों का फ्यूचर यहाँ अमेरिका में है इंडिया में नहीं। ऐसा करो इस बार तैयार रहना अब मैं आपकी कोई बात सुननें वाला नहीं, इसबार आपको अमेरिका आना है।"

"बेटा अगर तुम्हारा फ्यूचर अमेरिका में है तो मेरी पूरी जिन्दगी ही यहाँ दिल्ली में बिखरी पड़ी है। वो घर जो मेरे और तुम्हारे स्वर्गीय पिता के सपनों का महल है, जहाँ तुम्हारी पहली किलकारी फूटी, जहाँ तुमनें पहला डग भरा, जहाँ मैंनें तुझे पहली बार महसूस किया...."

अनगिनत यादें ढेरों सपनें जुडे.हैं यहाँ। मैं कहीं नहीं जाऊँगी।"

"ठीक मम्मीं जैसी आपकी मर्जी"

रचना नें फोन रख दिया सोचनें लगी कितनें संकुचित विचार हैं मेरे बच्चों के। यादों, भावनाओं का कोई महत्व नहीं इनके लिए। मैनें तो इन्हें पालपोसकर पूरा वृक्ष बनाया था मगर ये बोनसाई रह गये। ......फिर उसे याद आया बरसों पुराना अपनी सास का चेहरा जब गाँव से पहली बार वो पति के साथ शहर रहनें जा रही थी। सास कितना परेशान हो रही थी तब उसनें भी तो पति के करियर और होनें वाले बच्चों के भविष्य का हवाला दिया था। समय नें फिर वही खेल उन्हीं तर्कों के साथ खेला है।

कमली

कमलावती फिर गर्भ से है तीसरा बच्चा पैदा करनें जा रही है। दो बेटियाँ पैदा होनें के बाद उसनें नसबन्दी करानें की बात की थी मगर घरवाले नहीं मानें उन्हें बेटा चाहिए था जो वंश परम्परा को आगे बढ़ा सके और पुरखों का पिण्ड़दान कर सके। दो बेटियों के बाद फिर दो बार गर्भवती हुई थी मगर भ्रूण परीक्षण कराकर गर्भ समापन करा दिया गया था, क्योंकि दोनों बार ही गर्भ में लड़कियाँ थीं। इस बार भी कमली के पति महेश और सास नें बड़ी कोशिश करी लेकिन वह भ्रूण परीक्षण को राजी नहीं हुई। चार बातें सही, पति नें हाथ भी उठाया मगर कमली नें भ्रूण का लिंग परीक्षण न कराया। थकहार कर सब नें उसे उसके हाल पर छोड़ दिया।

प्रसव का दिन आ गया महेश नें कमली को अस्पताल में दाखिल करा दिया और स्वयं बाहर बैठ गया। इस बार डाक्टर नें बताया कि शल्यक्रिया से बच्चे का जन्म होगा। कमली को आपरेशन थियेटर में ले जाया गया। एनेस्थीसिया देनें से पहले लेड़ी डाक्टर नें कमली .को बताया....

"तुम्हारे घरवालों नें कहा है कि बेटा हो जाय तो नसबन्दी कर देना।"

"और डाक्टर साहब अगर लड़की हुई तो?"

"तब नहीं करना है।"

"अरे डाक्टर साहब ! इसके बापू को बस शराब से फुरसत नहीं। लोगों के घरों में झाड़ू - पोंछा कर बच्चों को जिलाती हूँ। उसे तो बस बेटे के चक्कर में पूरी क्रिकेट टीम खड़ी कर देनी है .।"

डाक्टरों की टीम बस कमली को देखे जा रही थी। कमली नें फिर बोलना शुरू किया...

"बेटी हो या बेटा आप नसबन्दी कर देना"

"मगर घरवाले?"

"साहब आप ड़ाँटोगी तो सब तैयार हो जाएँगे। अरे बेटा पैदा करनें से ज्यादा जरूरी बच्चों को पढ़ाना और परवरिश है कि नहीं?"

अन्त में कमली को बेटी हुई और उसकी नसबन्दी भी।

सीख

पालीथीन की थैलियों सहित प्लास्टिक की उन वस्तुओं को खरीदनें में मैं कंजूसी बरतता हूँ जिससे कचरा बढ़ता है। इस साल 25 जनवरी को शाम को जब मैं सब्जी खरीदने निकला तो देखा कि एक बारह-तेरह वर्षीय बच्ची प्लास्टिक का तिरंगा बेच रही थी। इस प्रकार के झण्डे मैं वैसे भी नहीं खरीदता क्योंकि बच्चे राष्ट्रीय दिवस बीत जाने के उपरान्त झंडे इधर-उधर रख देते हैं। बच्ची को झंड़ा बेचते देखकर मैं भी कुतूहलवश दार्शनिक बन बैठा "बेटा प्लास्टिक की जगह कागज के बने झण्डे बेचते तो ज्यादा ठीक रहता, प्लास्टिक से प्रदूषण फैलता है"। "अंकल लोग चावल, चीनी, और सब्जी पालिथिन थैलियों में ही खरीदते हैं, ये चीजें भी कागज के थैलों में खरीदी जा सकती हैं, पैकेज्ड सामान एवं बड़ी दुकानों को कोई कुछ नहीं कहता सारी सीख हम बच्चों को दी जाती है। मैं गरीब तो थोड़े पैसों के लिए कभी झण्ड़ा बेचती कभी पूजा के दीपक की बाती और कभी मोमबत्ती"। बातें मेरी समझ में कुछ-कुछ आ रहीं थीं। मैंने सहयोग की नीयत से बच्ची को पचास रूपये देने चाहे मगर उस खुद्दार बच्ची नें नहीं लिया। मैनें दो झण्ड़े खरीदे और चुपचाप निकल लिया।

वो भी दिन

बात 1994 या 1995 की है मैं बी.एस.सी प्रथम या द्वितीय वर्ष में था। हम अयोध्या से पढ़ाई कर रहे थे और वहीं कमरा लेकर रहते थे। मेरा गाँव अयोध्या से कोई पचास-साठ किलोमीटर दूर है। यातायात का मुख्य साधन सड़क मार्ग था, लेकिन अयोध्या के निकटवर्ती स्टेशन कटरा से वाया मनकापुर रेलमार्ग भी था। कटरा से तीन डब्बे की ट्रेन मनकापुर तक चलती थी फिर वहाँ से लखनऊ गोरखपुर रूट की कोई ट्रेन। कालेज में हमलोगों का बहुत बड़ा ग्रुप था। और हमलोगों का मुख्य कार्य घूमना एवं मस्ती करना ही रहता था। हाँ छात्र राजनीति में भी हमलोग बढ़चढ़ कर हिस्सा लेते थे।

तो कभी-कभार हमलोग ट्रेन रूट से भी यात्रा करते थे। ट्रेन की यात्रा में एक सहूलियत थी टिकट मन कहे तो पूरे रास्ते का नहीं तो आधे। और न मन करे तो बेटिकट। मजा खूब आता था। ऐसे ही एक शाम घर आनें के लिए हम तीन मित्र टैक्सी से कटरा पहुँचे और फिर ट्रेन में सवार हो लिए। अब हम मनकापुर पहुँच गये वहाँ से दूसरी ट्रेन पकड़नी थी। कोई एक्सप्रेस ट्रेन आयी भीड बहुत ज्यादा थी तीनों लोग पाँवदान पर खडे होनें की जगह पाये। ट्रेन स्टेशन से छूटी और लगभग आठ-नौ किलोमीटर की दूरी तय किया था कि एक मित्र का बैग कन्धे से छूटकर गिर गया। वो मुझपर नाराज होने लगे क्योंकि उन्होनें पहले मुझसे बैग पकड़नें को कहा था लेकिन मैनें कहा कि खड़े होनें की जगह नहीं बैग कहाँ से पकड लें। पूछनें पर पता चला कि एक सेट कपड़ा और लाइब्रेरी की दो महँगी पुस्तकें थीं। कपड़े की चिन्ता नहीं पुस्तकों की चिन्ता थी, पेनाल्टी देनें के लिए बात घरवालों को बतानी पड़ती फिर डाँट या मार भी पड़ सकती थी। रात को लगभग नौ बज रहे थे ठंढक का महीना था। खैर तय हुआ कि अगले स्टेशन पर उतरकर पहले बैग खोजा जाएगा फिर घर चलेंगे।

हम लोग अगले स्टेशन पर उतर गये एक जीप मिली अंदाजे से वहाँ तक पहुँचे। संयोग से एक टार्च हमारे पास था उसी के सहारे रेलवे लाइन के किनारे तलाश करनें लगे लगभग

डेढ़ दो किलोमीटर के रेन्ज में तलाश करनें पर चीथडे-चीथड़े हुआ बैग और सामान मिल गया। वह क्षेत्र चोरी-डकैती के लिहाज से संवेदनशील था। रेलवे लाइन के किनारे ग्रामीण क्षेत्र में सर्दी की रात दस बजे टार्च की रोशनी एवं हमलोगों की मौजूदगी से पास के गाँववाले जग गये एवं गाँव से टार्च जलानें लगे। हमलोग डर गये कि लोग चोर समझकर घेर न लें। खैर सामान लेकर लगभग पाँच किलोमीटर पैदल चलकर स्टेशन पहुँचे वहाँ से ट्रेन पकडकर अगले स्टेशन और अपने गंतव्य बभनान स्टेशन पर उतरे। रात के ग्यारह बज गये भूँख जोरों की और अभी पाँच किलोमीटर फिर पैदल चलना था तो होटल पर भोजन किया और मित्र को उनके गाँव तक पहुँचाकर उनकी साइकिल लेकर फिर हम दो लोग अपनें गाँव पहुँचे। लगभग बारह-साढ़े बारह का वक्त हो गया था। आज उस नादानी को सोचकर हंसी भी लगती है, भय भी और अपनें दृढ़ इच्छाशक्ति की सराहना भी करनी पड़ती है।

माण्डवी

अहंकारी रावण का वध हो चुका है। सुग्रीव किष्किन्धा के महाराज और विभीषण लंकाधिपति हो चुके हैं। भगवान श्रीराम, माता सीत और लक्ष्मण के संग - संग लंका युद्ध के महारथी और नायक नल, नील, अंगद, जाम्बवन्त, सुग्रीव, श्री हनुमान आदि का अयोध्या आगमन हो चुका है। भगवान राम की कीर्ति पताका चहुँदिशि लहरा रही है।

श्री लक्ष्मन नें मेघनाथ जैसे महारथी का वध किया है, उनका भी लोकमानस गुणगान कर रहा है। माता सीता की चहुँदिशि प्रसंशा हो रही है। भरत जी भी नन्दीग्राम से अयोध्या आ चुके हैं उनके शासन और भातृप्रेम की भूरि-भूरि प्रसंशा हो रही है।

उर्मिला के सतीत्वबल और चौदह वर्ष पति के विक्षोह के बाद उनके तपोबल की भी प्रसंशा हो रही है जिसके कारण श्री लक्ष्मण मेघनाद जैसे वीर राक्षस का संहार कर सके। इन सबके बीच एक स्त्री उपेक्षित है, जिसका त्याग भी उर्मिला से कम नहीं है।

माण्डवी अपनी कक्ष में वैठी हैं। उनके चेहरे पर न हर्ष के चिन्ह हैं न विषाद के। इतनें में कक्ष में भरत जी का आगमन होता है। माण्डवी उठकर उनके चरण छू लेती हैं।

"अहा प्राणप्रिय कैसी हो?" भरत जी नें बहुत ही हृदयागम स्वर से पूँछा

"वैसे ही जैसे चौदह वर्ष पहले छोड़ गये थे।"

"मैनें तुम्हें नहीं छोड़ा मेरे सामनें भातृ प्रेम और रघुकुल की मर्यादा थी।"

"सही कहा आपनें किसी के पास अपनें हठ और अपनें वरदान थे, किसी के पास रघुकुल की मर्यादा, किसी के पास पिता की भक्ति, किसी के पास भातृभक्ति और किसी के पास पति भक्ति-पति की बचन परायणता। पर इन सबके बीच माण्डवी अपनें को कहीं नही पाती।"

"ऐसा मत कहो माण्डवी। अगर भरत नें भ्राता राम के आदेशानुसार चौदह वर्ष नन्दीग्राम में रहकर अयोध्या के राजकार्य का प्रतिनिधित्व किया तो वो भरत की शक्ति माण्डवी थी...."

"तुम्हारा यश युगों–युगों तक अक्षय रहेगा।"
इतना कह भरत नें माण्डवी को गले लगा लिया।

लेखक परिचय

नाम	–	अनुरोध कुमार श्रीवास्तव
साहित्यिक उपनाम	–	प्रकृति के सुन्दरम का कवि
पिता	–	श्री अष्टभुजा प्रसाद श्रीवास्तव
माता	–	स्व.श्रीमती सावित्री श्रीवास्तव
पत्नी	–	श्रीमती कुमुद श्रीवास्तव
पुत्र	–	(1) प्रॉंजल श्रीवास्तव
		(2) कौस्तुभ श्रीवास्तव
जन्मतिथि	–	05/05/1978
शिक्षा	–	स्नातक
जन्मस्थान	–	महर्षि वशिष्ठ और हिन्दी साहित्य के महान समालोचक तथा साहित्यकार आचार्य रामचंद्र शुक्ल की पावन भूमि जनपद बस्ती, उत्तर प्रदेश।
लेखनशैली	–	प्रकृति के सुन्दर दृश्यों को आत्मसात कर अपनें कविता द्वारा पाठक के समक्ष प्रकृति का चित्रण करना मूल काव्य शैली। इसके अतिरिक्त श्रृंगार, सौन्दर्य, बाल साहित्य, पर्यावरण संरक्षण, नदी और जल संरक्षण, गौरैया संरक्षण, वन्य जीव संरक्षण, स्त्री सशक्तीकरण और सामाजिक सन्दर्भ के अन्य विषय।
विधायें	–	कहानी, लघुकथा, लेख, कविता, ग़ज़ल, शेर, मुक्तक, दोहे, हाइकु आदि विधाओं में लेखन कार्य।

प्रकाशित साहित्य	–	जिन्दगी के साज पर (कविता एवं ग़ज़ल संग्रह)
		सितारा (लघुकथा संग्रह)
		काव्य प्रभा, अनुभूति (दोनों साझा काव्य संग्रह)
शीघ्र प्रकाश्य	–	सागर की लहरें भाग – 2 (साझा लघुकथा संग्रह)
अन्य गतिविधियां	–	विभिन्न वेब आधारित साहित्यिक मंचों एवं स्वयं के फेसबुक पृष्ठ "Jaan-A-Gazzal" पर सक्रिय रूप से सतत लेखन। मूल विधा छन्दमुक्त कविता।
सम्मान/पुरस्कार	–	प्रतिलिपि जैसे प्रतिष्ठित साहित्यिक मंच से "आजाद भारत सम्मान" एवं स्टोरीमिरर प्रतिष्ठित साहित्यिक मंच पर "लिटरेरी कैप्टन" उपाधि, द साहित्य मंच से जुलाई 2020 में "आथर आफ द मंथ" सम्मान, "काव्य प्रभा कवि सम्मान", "राष्ट्रीय साहित्य मिहिर सम्मान", "अनुभूति 2020 सम्मान" आदि सम्मान प्राप्त। मेरा सबसे बड़ा सम्मान मेरे पाठकों द्वारा दिया गया प्यार है।
सम्प्रति	–	ग्राम्य विकास विभाग में कार्यरत।
सम्पर्क	–	anurodh9839668367@gmail.com
मोबाइल	–	9839668367
निवास	–	निकट टोल प्लाजा , वाइब्रेन्ट स्कूल के पास मडवानगर, बस्ती जनपद – बस्ती, पिन – 272002